셰익스피어 희극

뜻대로 하세요

As You Like It

셰익스피어 희곡

뜻대로 하세요

초판 1쇄 | 2014년 11월 5일 발행
　　2쇄 | 2019년 8월 20일 발행

지은이 | 셰익스피어
옮긴이 | 김재남
펴낸곳 | 해누리
펴낸이 | 김진용
편집주간 | 조종순
본문디자인 | 신나미
표지디자인 | 안정미
마케팅 | 김진용

등록 | 1998년 9월 9일(제16-1732호)
등록변경 | 2013년 12월 9일(제2002-000398호)

주소 | 서울특별시 영등포구 당산로 20길 13-1
전화 | 02-335-0414
팩스 | 02-335-0416
E-mail | haenuri0414@naver.com

ISBN 978-89-6226-049-6 (03840)

셰익스피어 희극

뜻대로 하세요

As You Like It

김재남 옮김

해누리

AS YOU LIKE IT

일러두기

*방백 _ 연극에서 등장인물이 말을 하지만 무대 위의 다른 인물에게는 들리지 않고
관객만 들을 수 있는 것으로 약속되어 있는 대사

셰익스피어 희극

뜻대로 하세요

머리말

　김재남(金在枏) 교수님은 셰익스피어 연구에 평생을 바치셨으며 이 분야에서는 우리나라에서 최고의 대가들 가운데 한 분이시다. 또한 이미 1964년에 '셰익스피어 전집'을 번역, 출간하셨는데, 이것은 한 개인이 셰익스피어의 작품 전체를 번역한 것으로서는 우리나라에서 최초인 것이었으며, 동시에 셰익스피어 전집의 번역 자체도 전 세계에서 일곱 번째에 해당하는 일이었다. 그 후 김교수님은 30년에 걸친 1995년에 이르기까지 셰익스피어 전집을 두 번 수정, 보완하셨다.

　김교수님의 이러한 탁월한 업적에 대해 우리나라의 영문학계를 대표하시는 분들이 다음과 같이 평한 바가 있어서 여기 소개한다.

　"셰익스피어를 번역하는 사람은 먼저 그의 작품들을 계통적으로 연구한 전문학자라야 할 것이다. 또한 난해하거나 영묘한 셰익스피어의 표현을 우리말로 옮기는 데는 문학적 재능이 필요하다. 김재남 교수는 위에서 말한 두 가지 조건을 구비한다. 학계와 연극계의 일치된 요망에 부응하는 최초의 ≪셰익스피어 전집≫이 김재남 교수의 손으로 되어 나온다는 것은 지극히 타당한 일이

라 생각한다."_ 문학박사 최재서, 1964년 초판 서문에서

"셰익스피어 번역에는 참으로 어려운 문제들이 많다. 김교수는 이 방면에 훌륭한 준비를 갖추었고 그의 노력과 열의는 높이 평가되어야 할 분이라, 이 전집 번역을 혼자 힘으로 이룩한 데 대해 경의와 찬사를 아낄 수 없다. 극문학에 큰 공헌이 될 것을 의심하지 않는 바이다."_ 문학박사 권중휘, 1964년 초판 서문에서

"이 힘들고, 범인으로서는 불가능한 일을 할 수 있는 비범한 사람이 있는가? 과연 우리에게는 용기와 끈기와 추진력에다 능력과 자격을 겸비한 적격자가 있는가? 김재남 교수님이야말로 이 모든 것을 갖춘 비범한 적격자의 한 분이라고 나는 감히 말할 수 있다. 1964년에 셰익스피어 탄생 400주년에 맞추어 선생님은 셰익스피어 전집 번역본을 단독으로 내셨다. 이것은 우리나라의 보통 큰 문화적 사건이 아니었다. 세계적으로도 손가락으로 셀 수 있을 정도의 소수이며, 더구나 단독 완역은 한둘이나 될까 매우 드문 일이기 때문이다."_ 문학박사 이경식, 1995년 3정판 서문에서

"김재남 교수는 우리 영문학계에서 '한 우물만을 판' 사람으로 유명하다. 그에게 있어서 셰익스피어는 학문의 전부였고 아마도 인생의 전부이기도 했을 것이다. 그의 평소의 신념이 작품이란, 더욱이 셰익스피어 같은 대고전은 읽고 또 읽어야 그 진가를 알 수 있다는 것이었다. 그의 문학을 대하는 태도는 이렇듯 정통적이고 비타협적이었다. 그렇기 때문에 그의 번역도 몇 번이고 새로워질 수밖에 없었을 것이다."_ 문학박사 여석기, 1995년 3정판 서문에서

이번에 김재남 교수님의 번역본을 다시 출간하게 된 것은 김재남 교수님과

조성식(趙成植, 前 고려대학교 명예교수, 학술원 회원) 교수님 사이에 맺어진 절친한 우정 때문이다. 나는 나의 장인어른이신 조교수님으로부터 두 분의 우정에 관한 이야기를 평소에 많이 들어왔고 또한 김재남 교수님의 번역본을 해누리에서 다시 출간했으면 좋겠다는 말씀을 자주 들었다. 그래서 몇 해 전에 김재남 교수님의 사모님에게 감히 전화를 걸어 구두로 허락을 받았고 이제 드디어 출간하게 된 것이다. 다만 김재남 교수님의 번역본이 현재의 독자들에게 좀 더 읽기 쉽고 이해하기 쉬운 것이 되도록 위해 난해한 한자어를 풀이하는 등 약간의 수정을 거쳤으며 재미있는 관련 삽화들을 가능한 한 많이 수록했다.

이 출간을 통하여 김재남 교수님의 탁월한 업적이 앞으로도 계속해서 더욱 빛나게 되기를 진심으로 바랄 따름이다.

2011년 12월

李東震

(시인, 작가, 前 외교통상부 대사, 〈월간 착한이웃〉 발행인, 해누리 출판사 고문)

작품 해설 | 뜻대로 하세요
As You Like It

《뜻대로 하세요》은 1599~1600년 무렵에 제작된 것으로 추정되며, 최초의 상연 연대도 이 무렵으로 추정된다. 1600년 8월 4일 자로 이 극의 출판 저지 등록이 당국에 신고 된 바 있는데, 이것은 판권 소유자인 〈궁내 대신 소속 극단〉이 다른 사람들이 무단으로 출판할 수 없도록 한 조치인 것으로 보아, 이 극은 매우 인기가 있었던 모양이다.

최초의 출판은 1623년 제일 2절판 전집으로, 출판 원제목은 토머스 로지(1558~1625)의 산문 '로절린드' 였다. 소박하고 평화로운 서정적인 세계를 배경으로 하여《뜻대로 하세요》라는 제목이지만, 셰익스피어가 비극기에 접어들 무렵의 희극이니 만큼, 서정적인 세계의 작품임에도 불구하고 매우 심각한 문제를 지닌 희극이다.

셰익스피어의 비극은 인간 고뇌의 우주적인 문제를 다루고 있고, 희극은 인간 사회의 즐거운 면과 어리석은 면을 다루고 있다. 희극《뜻대로 하세요》도 이와 일치한다. 그러나 전원극(田園劇)에 속하는 낭만 희극이면서도 개막 초부터 무질서가 난무하는 하극상 궁정의 분위기를 독자들에게 전개시켜 주고 있다. 신하가 왕위를 찬탈하고, 형제끼리 골육상잔하고, 미덕이 적(敵)이 되는 등, 이것들은 무질서의 분위기로 악으로부터 싹튼 것이다. 그러나 이 극의 중심적 배경인 아든 숲의 생활은 그런 부패한 궁정의 생활과는 매우 대조적이다. 이것은 궁정 대전원이라는, 셰익스피어가 즐겨 다루는 테마이기도 하다.

1막 1장에서 올리버(로울런드 드 보이스 경 큰아들)가 씨름꾼 찰즈에게 "옛공작님은 대체 어디에 살고 계실까요?" 하고 묻는 질문에, 찰즈가 대답한다. "소문에는 벌써 아든 숲에 가서 여러 부하들과 같이 지내신다지요…. 그리고 (중략) 소문에는 많은 젊은 신사들이 매일같이 모여들어, 마치 황금 세계같이 한가한 시간을 보내고들 있다지요." 여기에서 말하는 '황금 세계'는 옛날에 있었던 '황금 시대'의 뜻으로, 그것은 사람들이 이상적인 행복과 번영을 누리던 시대를 말한다.

이 시대에는 중상모략도, 전쟁도, 무기도 없으며, 음식은 노력하지 않아도 저절로 생기는 세계를 말한다. 그래서 아든 숲은 마치 행복과 기쁨, 안락만이 존재하는 소박하고 평화로운 서정적인 세계로 착각할 수 있다. 그러나 2막 초에서 아든 숲은 전혀 그렇지 않다는 것을 깨닫게 한다. 앞에서 인용한 구절에서

찰즈가 '소문에, 소문에' 라고 두 번이나 강조한 것을 보면, 이것은 곧 그가 소문이나 풍설에 의거하여 아든 숲 얘기를 하고 있음을 알 수 있다. 아무튼 이 숲은 궁정으로부터 머나먼 곳인 듯하다. 궁정으로부터 이 숲을 찾아오는 사람들은 올랜도 이외에 로절린드, 실리어, 애덤, 터치스톤, 올리버 모두가 아주 지쳐서 온 사람들이다.

셰익스피어는 아든 숲을 정신적 회복의 장소로 상징하고 있다. 위의 인물들은 무질서와 악의 환경으로부터 온 사람들인데, 정신적 회복의 필요성이 육체적 피로로 상징되어지고 있다. 또한 셰익스피어는 문체를 현실적 면에서도 다루고 있다. 로절린드 소녀와 애덤 노인이 여행을 하면서 지친다는 것은 당연하다 치더라도, 올리버와 같이 나이가 젊고 기운이 좋은 남자도 지쳐서 이 숲에 도착한다는 것을 보면, 이 숲은 궁정으로부터 매우 먼 곳일 뿐만 아니라 그 길은 매우 고된 길인 듯하다. 그러니까 아든 숲에 관해 앞서 말한 찰즈의 이야기는 순전히 소문에 지나지 않으며, 실제로 우리가 이 숲에 발을 들여 놓는 순간부터 소문과는 전혀 다르다는 것을 알 수 있다.

우리가 아든 숲 생활의 물질적 고난을 인식하지 못한다면, 아든 숲과 궁정 사이의 차이를 이해하지 못한다. 추방된 형 공작(로절린드의 아버지)은 아든 숲을 '이 쓸쓸한 도시' 라고 말했다. 또한 이 숲을 찾아온 다른 인물들의 입에서도 이 '쓸쓸한(desert)' 이라는 말을 쓴다. 이 말은 셰익스피어 시대에 도시와는 반대인 '인적이 드문' 이라는 뜻이었다. 그리고 이 극에서는 '황량한' , '버림받은' , '야만의' 용어가 이 숲과 관련해서 쓰여 진다. 이러한 용어들이 전달하고자 하는 인상은 명확하게 두 개의 기본적 반대 명제(命題)로 볼 수 있다. 첫째, 물질적 안락은 있으나 도덕적으로 부패한 찬탈자 동생 공작의 궁정. 둘째, 물질적으로는 궁색하지만 정신적으로는 순결한 아든 숲. 이 두 개의 반대 명제는 곧 악과 선의 생활 대립이기는 하지만 흑백을 가리듯 악과 선이 단순하지는 않다.

그러나 아든 숲은 극 안에서 그 자체의 비판자들을 가진다. 첫 번째 비판자는

염세가(厭世家) 제익퀴즈다. 2막 5장에서 에이미엔즈가 저 유명한 '푸른 숲 밑에서'의 노래를 불러 아든 숲의 생활을 찬양하자, 제익퀴즈는 그 노래를 받아서 꼬집는데, 궁정의 안락한 생활을 버리고 아든의 냉혹한 생활을 찾아온 형 공작과 그 일행을 모두 바보라는 뜻으로 비꼰다. 두 번째 비판자는 터치스톤이다. 어릿광대 역인 터치스톤은 가는 곳마다 아든 숲을 비판한다. 그는 《리어 왕》에서 바보 역과 같은 인물로, 흔히 현명한 사람들도 진실을 파악하지 못할 때 진실을 파악할 수 있는 그런 종류의 바보이다.

그런데 터치스톤과 《리어 왕》의 바보 역을 관련시킬 때 유의해야 할 점이 있다. 셰익스피어는 《뜻대로 하세요》나 《리어 왕》에서, 나라가 부패했더라도 안락한 생활이 부패하지 않은 가혹한 생활보다 실제로 더 좋다고 독자에게 전하는 것이 아니라, 터치스톤이나 《리어 왕》의 바보 역의 말을 통해서 셰익스피어가 전하고자 하는 진의(眞意)는 아든 숲으로의 도피, 폭풍우 속으로의 돌입, 그것 자체는 찬성할 것이 못 된다는 뜻이다. 터치스톤이 아든 숲에 관해서 한 비판들은 어느 정도까지만 진실이라는 것이며, 물론 형 공작 일행이 버리고 도피한 악이 옳다고 인정하는 것은 아니다.

셰익스피어는 동생 프레드릭 공작의 부패한 궁정과 아든 숲을 비교할 때, 아든 숲이 도덕적으로 더 나은 곳이라는 것을 확정시켜 놓고, 그 전제하에 아든 숲에 대한 반대 의견을 제기한다. '우리가 어떤 부패한 세계에 직면했을 때 그 세계로부터 도피하는 것만이 만능이 아니다.' 라고 그는 이 극에서 주장하고 있다.

극이 끝날 무렵에는, 아든 숲으로 도피해 온 일행은 거의 다 다시 궁정으로 되돌아간다. 이제 궁정의 분위기는 확실히 순화된다. 이 순화의 동기는 아든 숲의 정신적 분위기가 마련해 준다. 이렇듯 아든 숲은 순화의 동기를 마련해 준다는 점에서 그 자체의 존재의의(存在意義)를 정당화시킬 수 있다. 동생 올랜도(로울런드 드 보이스 경의 막내아들)를 죽이고자 이 숲을 찾아온 올리버(로울런드 드 보이스 경 큰아들)나 형 공작 일행을 토벌하러 온 동생 프레드릭 공작은, 아든 숲에 와서 악심을 버리고 잘못을 뉘우친다. 아든 숲은 그러한 뉘우침을 자연스럽게 마련해 주는 정신적 성역(聖域)일 뿐만 아니라, 정신적 분위기는 이 숲 바깥에까지 순화의 힘이 미친다. 이렇듯 이 극에서 도피주의(逃避主義)는 긍정적인 인식으로 받아들여지고 비판되는 것이다.

셰익스피어 희극에는 애정문제가 반드시 등장하는데, 아든 숲에서도 몇 쌍의 애정문제가 다루어진다. 아든 숲은 목동 실비어스와 목녀 피비가 살고 있는 땅이기도 하다. 이 두 남녀에게서 우리는 육체를 떠난 정신적 연애인 중세의 로맨스, 즉 순수하고 서정적인 연애 문학의 인습적인 모습을 보여준다. 시골뜨기 목동 실비어스는 목녀 피비를 여신인 양 연모하고, 목녀는 못생긴 주제에 목동의 연모를 쌀쌀맞게 거절한다. 이들은 설화 문학의 상투적인 말들을 입에 올리면서 두 사람 모두 자기 망상에 빠져 있다.

이 극에서 물론 이들 두 사람은 풍자되고 있다. 이 두 사람 사이의 현실적 사태를 정확히 관찰한 사람은 로절린드다. 그녀는 목녀에게 충고하기를 '팔릴 수 있을 때 팔라'고 한다. 그리고 로절린드 눈엔 목동 또한 '어리석은 목동'으로밖에 비치지 않는다. 그래서 그녀는 자부심에 빠져 있는 목동 목녀를 힐책하며 현실을 정확히 보라고 충고한다. 이렇듯 자기 망상과 자부심은 백일하에 드러난다.

이런 점에서 터치스톤도 로절린드와 같은 견해를 가지며 밀접한 관계를 갖고 있는데, 이 극이 전개하는 근대적 로맨스의 실질적인 토대가 되는 것이다. 터치스톤이 사랑했던 제인 스마일이나, 아든 숲에서 아내로 맞은 추녀 오드리 같은 여자는 세련되거나 예쁘지는 않지만 적어도 현실적이다. 그런데 올랜도의 연정은 아든 숲에서 로절린드를 연모한 나머지 숲속의 나무에다 사랑하는 사람을 그리워하면서 부르는 노래를 걸어 놓는 행동에서 좋게 풍자하고 있다.

하지만 셰익스피어는 로맨스적 사랑을 반대하거나 모든 남성은 터치스톤처럼 현실에 입각하여 오드리 같은 추녀를 아내로 선택하라는 것이 아니라, 로맨스의 연인들 사이에서 흔히 있을 수 있는 무절제한 어리석음을 풍자하고 있는 것이다. 어리석은 로맨스적인 연인들의 마음속에 깃들어 있는 비현실성을 셰익스피어는 공격하고 있다. 터치스톤이 선택한 제인 스타일, 오드리 같은 여자는 현실적이다. 그러나 이 여자들이 현실적 자세의 전부는 물론 아니다.

중세의 설화적인 연애로부터 어리석은 비현실이 제거된 상태의 연애, 즉 연애와 결혼이 조화롭게 하나로 합쳐진 상태, 이러한 자세의 남녀 간의 애정을 셰익스피어는 이상적으로 생각한 것이다. 이러한 이상적인 생각이 《뜻대로 하세요》에서 로절린드를 통해 실현하였으며, 이것은 사실 이 극을 비롯하여 낭만 희극에서 그가 추구하는 주제이기도 하다.

이 극은 인간의 악과 어리석음을 폭로하는 인간 사회를 비판하는 면을 보여준다. 그러나 그 비판의 양상은 생각보다 매우 복잡하다. 예를 들면 정신적 오아시스라고 할 수 있는 아든 숲은 목동 코린의 주인, 저 탐욕스런 주인의 거주지이기도 하다. 그리고 터치스톤은 아든 숲을 풍자할 뿐만 아니라 궁정도 풍자하고 있다.

그러므로 우리는 셰익스피어의 희극을 다룰 때 언제든지 흑과 백을 가려내듯이 다룰 수는 없다. 가령 어떤 인물이나 생활은 어떤 표준에 의하여 비판되며, 이 표준 또한 비판의 대상이 되는 것이다. 이 극의 경우, 처음에는 궁정 생활이 아든 숲속의 생활과 비교·비판되었지만 나중에는 아든 숲의 생활 또한 비탄된다. 그리하여 처음의 궁정 생활이 변화하여 새로운 제3의 생활, 즉 순화된 궁정 생활이 오는 것이다. 이 제3의 생활은 제2의 생활에서, 즉 아든 숲 생활의 영향을 받아 이루어진 것이다.

As You Like It

뜻대로 하세요

(1599~1600)

뜻대로 하세요
As You Like It

숙부님이 우리 아버지의 영토를 빼앗았을 때에도 저는 우리 아버지의
딸이었어요. 숙부님이 우리 아버지를 추방했을 때에도 서는 우리 아버
지의 딸이었어요. 혈통으로 반역을 하는 건 아니에요. 설령 일가친척들
로부터 반역을 이어 받는다 해도 저하고는 관계없는 일이잖아요? 우리
아버지는 반역자가 아니었어요. 그러니 숙부님, 제가 궁색하다고 해서
반역할 것이라고 오해하지는 마세요.

_로절린드가 프레드릭 공작에게 한 말(1막 3장)

▌장소▐

올리버의 집. 프레드릭 공작의 저택. 아든 Arden 숲

▌등장 인물▐

옛 공작 Duke Senior	동생에게 영토를 빼앗기고 아든 숲에 가서 사는 사람 (로절린드의 아버지)
프레드릭 공작 Duke Frederick	형의 공작 영토를 빼앗은 새 공작
에이미엔즈 Amiens	추방당한 공작을 따르는 귀족
제익퀴즈 Jaques	추방당한 공작을 따르는 귀족
러 보우 Le Beau	프레드릭 공작의 신하
찰즈 Charles	프레드릭 공작의 씨름꾼
올리버 Oliver	로울런드 드 보이스 경 Sir Rowland de Boys의 큰아들
제익퀴즈 드 보이스 Jaques de Boys	로울런드 드 보이스 경의 둘째아들
올랜도 Orlando	로울런드 드 보이스 경의 막내아들
애덤 Adam	올리버의 하인
데니스 Dennis	올리버의 하인
터치스톤 Touchstone	어릿광대
올리버 마텍스트 Oliver Martext	시골 목사
코린 Corin	양치기 노인
실비어스 Silvius	피비를 사랑하는 양치기
윌리엄 William	오드리를 사랑하는 시골 청년
하이멘 Hymen	결혼의 신으로 분장한 사람
로절린드 Rosalind	옛 공작의 딸
실리어 Celia	새 공작의 딸
피비 Phebe	양치기 처녀
오드리 Audrey	시골 처녀

그밖에 귀족들, 시종들, 시동들, 숲에서 사는 사람들

1막 1장

올리버 저택의 뜰.

🌿 올랜도와 애덤이 등장한다.

올랜도　　　이봐, 애덤, 난 이렇게 기억하고 있어. 아버지가 유언으로 하찮은 돈이나마 천 크라운을 내 몫으로 남겨 놓으셨고, 또 네 말대로 우리 큰형에게 축복을 해주시면서 나를 잘 양육하도록 당부하셨다고 말이야. 그런데 그게 내 불행의 시작이지. 큰형은 작은 형 제익퀴즈를 학교에 보내주었고, 제익퀴즈의 성적도 매우 좋다는 소문인데, 나로 말하자면 시골뜨기처럼 집에 처박아두고 있거든. 아니, 좀 더 정확하게 말하자면 나를 그저 집에 방치해 두고 돌보지도 않는 거야. 이런 걸 나처럼 신사로 태어난 사람에게 알맞은 양육이라고 할 수 있겠어? 이건 소를 외양간에 가두어 두는 거와 마찬가지가 아닌가? 큰형의 말들이 오히려 나보다는 더 좋은 대우를 받고 있지. 그것들은 잘 먹어서 번질번질하고, 게다가 그것들을 길들이기 위해 비싼 돈을 주고 기수들마저 고용되어 있거든. 그러나 동생인 나는 큰형 집에서 자랄 뿐 아무것도 얻어 걸리지 않거든. 그까짓 은혜쯤이야 쓰레기통을 뒤져먹는 그 집의 가축들도 나만큼은 받고 있어. 게다가 큰형은 나에게 주는 건 전혀 없을 뿐만 아니라, 자연이 나에게 내려주신 것마저도 빼앗아갈 것 같은 눈치란 말이야. 동생 대우를 해주기는커녕 내가 자기 하인들과 함께 식사하도록 하지를 않나, 되도록이면 나를 형편없이 길러서 나의 선량한 천성을 파괴하려 들거든. 이봐, 애덤, 나는 바로 이런 게 슬프단 말이야. 우리 아버지의 정신이 내 몸 속에 배어 있는 것 같은데, 그 정신이 지금과 같은 노예 상태에 반항하기 시작해. 나도 이젠 더 참지 못하겠어. 지금 형편으로서는 어떻게 해야 이걸 피할는지 좋은 방법도 모르지만 말이야.

🍀 *올리버가 뜰에서 등장한다.*

애덤   저기 저의 주인, 당신 형님이 오시는군요.

올랜도	애덤, 넌 저리 비켜서서 형이 얼마나 날 모욕하는지 들어 봐. *(애덤이 저만큼 물러난다.)*
올리버	아니, 이봐! 넌 이런 데서 뭘 하고 있는 거야?
올랜도	아무것도 안 하고 있지. 난 무엇인가 하는 것도 전혀 배우지 못 했거든.
올리버	그러면 뭘 부수고 있는 거야?
올랜도	예, 난 하느님이 만드신 형의 보잘 것 없는 동생을 빈들빈들하면서 형을 도와 부수고 있는 중이지.
올리버	원, 이런! 너는 일이나 하고 있는 게 더 나을 거야. 그러니 내 앞에 함부로 나타나지 마.
올랜도	그럼 난 형의 돼지들이나 치고 돼지들과 함께 찌꺼나 먹으라는 거야? 내가 무슨 방탕한 생활을 했다고 그런 궁색한 꼴을 당해야만 한다는 거야?
올리버	아니, 넌 여기가 어딘 줄이나 아냐?
올랜도	아, 잘 알다마다. 여기야 형네 집 마당이지.
올리버	넌 누구 앞에 서 있는 줄이나 아냐?
올랜도	내 앞에 있는 사람이 나를 알고 있는 것보다 더 잘 알고 있지. 형이 나의 큰형이라는 건 인정해. 그러니까 형도 신사 가문 출신답게 나를 인정해 줘야만 하는 거야. 어떤 나라에서나 세상의 습관상, 물론 형은 나보다 서열이 위야. 제일 먼저 태어났으니까. 그러나 바로 그 전통은 나의 혈통을 지워 버리진 못해. 형과 나 사이에 형제가 이십 명이 있어도 말이야. 나도 형과 똑같이 아버지의 핏줄을 이어받았거든. 그야 물론 나보다 먼저 태어난 형이 아버지의 귀하신 몸에 더 가깝다는 것쯤은 나도 인정해.
올리버	아니, 이 자식이! *(동생을 때린다.)*

올랜도   이봐, 이봐, 힘으로는 형이 나한테는 어림도 없어. *(형의 목을 잡는다.)*

올리버   이 악당아, 네가 감히 나에게 손을 대는 거야?

올랜도   난 악당이 아니야. 난 로울런드 드 보이스 경의 막내아들이야. 그분이 나의 아버지였어. 그런데 그분이 악당들을 낳았다고 말하는 자는 몇 배나 더 악당이지. 사실 형이 나의 친형만 아니었더라면, 난 이 손으로 목을 움켜쥔 채 다른 손으로는 그런 말을 내뱉는 혓바닥을 뽑아 놓았을 거야. 형은 자기 자신에게 욕을 한 거라고. *(애덤이 앞으로 나선다.)*

애덤   두 분, 모두 참으세요. 아버님을 추모해서라도 서로 사이좋게 지내세요.

올리버   *(몸부림을 하면서)* 이거 놔. 놓으란 말이야.

올랜도   내 분이 풀릴 때까지는 못 놓겠어. 형은 내 말을 들어봐. 아버지는 형이 나에게 훌륭한 교육을 시키도록 유언하셨어. 그런데 형은 나를 하인처럼 대우하여 신사다운 교양은 내가 전혀 구비하지 못하도록 막아버렸어. 아버지의 기질이 내 안에 강하게 살아있어서 나는 이제 더 이상 참을 수가 없다 이거야. 그러니까 내가 신사에 알맞은 교양을 습득하도록 해달란 말이야. 그게 싫다면, 아버지가 유언으로 남겨 주신 얼마 안 되는 내 몫이나마 내놓으라고. 난 그걸 챙겨가지고 내 운명을 개척하러 나갈 테니까. *(형을 놓아준다.)*

올리버 그래, 그 돈을 가지고 뭘 할 작정이냐? 그 돈이 다 떨어지면 구걸하려고? 좋아. 어쨌든 안으로 들어가자. 난 이제 너하고 오래 시비하기도 싫다. 네 몫의 유산은 일부 나누어 줄게. 제발 날 괴롭히지 마라.

올랜도 내 몫만 찾으면 난 형을 더 이상 괴롭히지 않겠어. *(가려고 돌아선다.)*

올리버 이 늙은 개야, 너도 저놈과 같이 가라.

애덤 '늙은 개'가 제 몫인가요? 하기야 그렇지요. 저는 당신을 모시느라고 이빨들이 다 빠져 버렸으니까. 하느님, 돌아가신 주인님을 보호해 주십시오! 그분은 저 따위 용어를 쓰지 않았지요. *(올랜도와 애덤이 퇴장한다.)*

올리버 어째서 사태가 이렇게까지 되었나? 네가 나한테 이렇게 뻔뻔스러워졌단 말이냐? 두고 봐라. 맛을 좀 보여 줄 테니까. 내가 너에게 천 크라운을 줄 것 같아? 이봐, 데니스!

🌸 데니스가 안에서 나온다.

데니스 부르셨어요?

올리버 공작의 씨름꾼 찰즈가 나를 만나러 여기 찾아오지 않았나?

데니스	예, 그분이 지금 대문 앞에 와서 주인님을 뵙자고 하지요.
올리버	들어오시라고 해. *(데니스가 퇴장한다.)* 그게 좋은 방법일 거야. 내일 씨름시합이 있거든.

🍀 데니스가 찰즈를 데리고 등장한다.

찰즈	안녕하십니까?
올리버	아, 찰즈씨! *(서로 인사한다.)* 새로운 궁중에는 무슨 새로운 소식이라도 있나요?
찰즈	궁중에 새로운 소식은 없고 낡은 소식들뿐이지요. 옛 공작이 자기 동생인 새 공작한테 쫓겨나고, 옛 공작을 경애하는 서너 명의 귀족들이 그분의 뒤를 따라 스스로 추방당한 신세가 되었지요. 그들의 토지와 수입은 자연히 새 공작의 손에 들어가게 되니까, 새 공작은 그들의 방랑을 오히려 방임하고 있지요.

올리버	옛 공작의 딸 로절린드가 자기 아버지와 함께 추방됐는지 혹시 아
	는지요?
찰즈	아, 그렇진 않아요. 로절린드의 사촌동생인 새 공작의 딸은 어려
	서부터 로절린드와 함께 자란 사이라서 어찌나 사촌언니를 사랑
	하든지 자기도 언니를 따라가든가, 아니면 혼자 뒤에 처질 경우에
	는 차라리 죽어 버리겠다는 겁니다. 그래서 로절린드는 궁중에 머
	무르게 되었고, 자기 삼촌한테 친딸과 마찬가지로 귀여움을 받고
	있지요. 어쨌든 이 두 여성처럼 서로 사랑하는 여성들은 이 세상
	에 없지요.
올리버	옛 공작은 어디서 살고 계실까요?
찰즈	소문에는 그분이 이미 아든 숲에 가서 여러 부하들과 같이 지내신
	다고 해요. 그런데 저 옛날 영국의 의적 로빈 훗처럼 그곳에서 지
	내신다지요. 그리고 많은 젊은 신사들이 날마다 그분에게 몰려오
	고, 마치 옛날의 황금시대처럼 한가하게 시간을 보내고 있다고 하
	지요.
올리버	그런데 당신은 내일 새 공작 앞에서 씨름을 하시지요?
찰즈	아, 그래요. 사실 나는 그 일에 관해서 당신과 상의하려고 찾아
	왔어요. 내가 은밀히 들은 바로는 당신 동생 올랜도가 딴이름으
	로 가장하여 나와 승부를 겨루어 볼 작정이라고 해요. 그런데 내
	일 나는 나 자신의 명예를 걸고 씨름을 할 거요. 팔다리가 부러지
	지 않은 채 나한테서 빠져나간다는 건 솜씨가 대단한 선수가 아니
	고서는 불가능할 게요. 당신 동생은 나이도 어리고 몸도 연약한데
	나는 당신에 대한 호의 때문에라도 그를 넘어뜨릴 생각은 없지만,
	그가 도전해 온다면 나는 내 명예를 위해 달리 어쩔 수가 없지요.
	따라서 당신에 대한 친절 때문에 이렇게 사정을 알려드리러 찾아

온 겁니다. 그러니 당신 동생의 계획을 막아 주세요. 그렇지 않으면 동생이 받을 치욕을 견디어 주기 바랍니다. 그건 당신 동생이 스스로 자초하는 치욕이지 나의 본의는 아니거든요.

올리버 찰즈 씨, 당신의 호의는 참으로 고맙군요. 머지않아 후하게 보답하지요. 나는 내 동생의 의도를 이미 알았고, 아랫사람을 시켜서 그러지 말도록 손도 써봤지만, 그놈은 결심이 대단히 단호해요. 찰즈 씨, 말해 두지만, 그놈은 프랑스에서 제일 심한 고집쟁일 뿐만 아니라 야심에 불타고 남의 장점을 보면 시기해서 겨루려고 하며, 혈육을 나눈 형인 나에 대해서도 은밀히 나쁜 음모까지 꾸미고 있지요. 그러니까 당신은 마음대로 조치하세요. 나는 그놈의 손가락은 물론이고 모가지마저 당신이 부러뜨려 주었으면 시원하겠다 이거요. 그러나 당신은 조심하는 게 좋을 거요. 당신이 그놈에게 조금이라도 창피를 주거나, 그놈이 당신을 넘어뜨려서 충분히 명예를 얻는 경우가 아니라면, 그놈은 당신을 독살한 음모를 꾸미거나 어떤 음흉한 계략에 몰아넣거나 해서 무슨 수단으로든 당신의 목숨을 빼앗아 버릴 때까지는 절대로 당신을 가만히 두지는 않을 테니까요. 이건 눈물이 나올 지경인 얘기지만, 요즈음 젊은이들 가운데 나는 이토록 나쁜 놈은 정말이지 처음 보았다고요. 그래도 형제 사이라고 해서 두둔하여 말했지만, 그놈의 정체를 사실대로 말한다면, 나는 얼굴을 붉히고 울음을 터트릴 것이며, 당신은 새파랗게 질리고 어리둥절해 지고 말 거요.

찰즈 내가 여기 찾아와서 당신을 만나기를 참으로 잘했군요. 그가 내일 씨름을 하러 나오면 난 그에게 맛을 톡톡히 보여줄 작정이오. 그가 제 다리로 다시 걸어가게 된다면, 나는 상금이 걸린 씨름시합에 다시는 나가지 않을 거요. 그러면 신의 은총이 당신에게 풍성히 내리기를!

올리버   안녕히 가세요, 찰즈 씨. *(찰즈, 인사를 하고 퇴장한다.)* 나는 이제 이 애송이 도전자 놈을 선동해야겠어. 이걸로 그놈이 제발 뒈졌으면 좋겠어. 난 웬일인지 그놈만큼 진심으로 미운 놈이 없거든. 그러나 그놈은 점잖고, 학교도 안 다녔는데 유식하며, 탁월한 분별력을 구비하고, 누구한테나 대단히 많은 귀여움을 받고 있지. 사실 완전히 세상 인기의 표적이 되어 있어. 더구나 그놈을 잘 아는 나의 하인들이 그놈을 따르고 있어. 그렇기 때문에 나는 완전히 무시 당하고 있단 말이다. 그러나 이것도 그리 오래 가지는 않을 거야. 저 씨름선수가 만사를 청산해 줄 테니까. 이제 내가 할 일은 저 애송이 놈을 선동해서 시합에 나가게 하는 것뿐이야. 그럼 즉시 착수해야겠어. *(안으로 들어간다.)*

1막 2장

공작 저택 앞의 잔디밭.

🌿 *로절린드와 실리어가 등장한다.*

실리어   로절린드 언니, 제발 명랑해지세요.

로절린드   실리어, 난 내 능력 이상으로 명랑하잖아. 그런데도 더 명랑해지란

말이냐? 추방당하신 우리 아버지를 잊는 방법을 가르쳐 주지 않는
한, 넌 아무리 엄청난 기쁨을 느끼도록 나에게 가르쳐주려고 해도
될 리가 없어.

실리어　　그렇다면 알았어요. 언니는 내가 언니를 사랑하는 만큼 날 사랑
　　　　하지 않는군요. 만약 나의 큰아버지, 즉 추방당하신 언니의 아버
　　　　지가 언니의 작은 아버지, 즉 공작이신 우리 아버지를 추방했더
　　　　라도 언니만 나와 같이 있어 준다면 나는 언니에 대한 사랑으로
　　　　언니의 아버지를 나의 친아버지처럼 생각할 수 있었을 거예요.
　　　　그러니까 언니도 나와 똑같이 생각할 수 있을 게 아네요? 나에 대
　　　　한 언니의 사랑이 언니에 대한 나의 사랑처럼 진실로 순수하다면
　　　　말예요.

로절린드　　그러면 난 내 신세를 잊어버리고 네 처지를 기뻐하기로 하겠어.

실리어　　우리 아버지는 나밖에 자식이 없고, 앞으로 더 낳을 것 같지도 않

아요. 그러니까 우리 아버지가 돌아가시면 틀림없이 언니가 상속 자가 될 거예요. 우리 아버지가 언니의 아버지한테서 강제로 빼앗은 것을 나는 사랑으로 언니에게 돌려줄 테니까요. 내 명예에 걸고 말하지만 난 꼭 그렇게 할 거예요. 이 맹세를 깨뜨린다면 난 괴물로 변해도 좋아요. 그러니까 자, 로즈 언니, 우리 로즈 언니, 명랑해지라고요.

로절린드   이제부터 난 그렇게 하겠어. 그리고 뭔가 심심풀이라도 좀 생각해 내보자. 가만 있자. 너 연애하는 건 어떻게 생각하니?

실리어   그걸 심심풀이로 생각하신다면 해보세요. 하지만 정말 진심으로 남자를 사랑해선 안 돼요. 그리고 얼굴을 약간 붉힐 뿐 순결은 안전하게 지켜서 되돌아올 수 있을 정도의 심심풀이를 넘어서도 안 돼요.

로절린드   그렇다면 우린 무슨 심심풀이를 하면 좋을까?

실리어   이렇게 앉은 채 저 착한 주부인 운명의 여신을 조롱하며 그녀의 수레바퀴를 잡아매 놓고, 이제부터 그녀의 혜택을 누구나 골고루 입게 되는지 보자고요.

로절린드   그렇게라도 해 볼 수만 있다면 좋겠어. 운명의 여신의 혜택은 조금도 공평하지 않고, 관대한 그 맹목의 여신이 여자들에게 베푸는 혜택은 정말 엉터리니까 말이야.

실리어   정말 그래요. 글쎄 그 여신이 예쁘게 만들어 놓은 여자들은 거의 다 얌전하지 않고, 얌전하게 만들어 놓은 여자들은 대단히 못생겼 거든요.

로절린드   아니야. 그건 운명의 여신 역할이 아니라 자연의 역할이야. 운명의 여신은 이 세상의 혜택이나 지배하지, 자연이 주는 용모하고는 관계가 없어.

🌿 *터치스톤이 등장한다.*

실리어 그럴까요? 자연이 미인을 만들어 놓는다 해도, 그 미인은 운명 때문에 불 속에 떨어지는 수도 있지 않을까요? 자연은 우리에게 운명마저도 조롱하는 지혜를 부여하지만, 운명은 *(터치스톤을 보고)* 저 바보를 이리 보내서 우리의 논의를 방해하지나 않을까요?

로절린드 하기야 운명이 자연의 창조물인 바보를 시켜서 자연의 은혜인 지혜를 방해한다면, 운명이 자연보다는 훨씬 더 힘이 세지 않을까?

실리어 어쩌면 이건 운명이 하는 짓이 아니라 자연이 하는 짓일지도 몰라요. 자연은 우리의 타고난 지혜가 하도 우둔해서 그런 여신들에

터치스톤: 내 명예에 걸고 말하지만 그건 아니오. 나는 타인들에게 파견되었소.

관해서는 도저히 논의하지 못할 것이라고 알아채고는 저 바보를 우리의 숫돌 대신에 보냈을 테지요. 바보의 우둔함은 항상 현명한 사람들의 숫돌이 되어주거든요. 이봐, 영리한 양반! 그렇게 헤매면서 어디 가는 거야?

터치스톤　아가씨는 아버님께 가보셔야만 해요.

실리어　넌 심부름하러 온 거냐?

터치스톤　천만에요. 내 명예에 걸고 맹세하지만 그렇진 않아요. 하지만 아가씨를 불러오라는 명령은 받았지요.

로절린드　이 바보야, 그런 맹세는 어디서 배웠어?

터치스톤　어떤 기사한테서 배웠지요. 그분은 이렇게 맹세를 하더군요. 내 명예에 걸고 말하지만 이건 좋은 팬케이크다. 내 명예에 걸고 말하지만 이 겨자는 엉터리다. 이렇게 말이에요. 그런데 난 단호하게 주장하겠지만, 그 팬케이크는 엉터리였고 겨자는 좋았지요. 그렇다고 해서 그 기사가 거짓 맹세를 한 건 아니었어요.

실리어　넌 그걸 어떻게 증명하겠어? 네 지식이 아무리 엄청나게 많다 해도 말이야.

로절린드　자, 그러니까 이제 네 지혜를 자유롭게 풀어놓아 봐.

터치스톤　두 분이 모두 앞으로 나서서 턱을 어루만지며 턱수염에 걸고 맹세하세요. 내가 악당이라고 말입니다.

실리어　우리가 턱수염이 있다면, 그 턱수염에 걸고 맹세하지만 넌 악당이야.

터치스톤　가령 그렇다고 치면, 그 악당의 소행에 걸고 난 악당이라고 맹세하지요. 하지만 당신들은 자기가 가지고 있지도 않은 것에 걸고 맹세한다면, 그건 거짓 맹세는 아니지요. 그리고 물론 자기 명예에 걸고 맹세했다는 그 기사도 거짓 맹세를 한 건 아니었지요. 그분은 명예를 가지고 있지 않았으니까요. 아니면, 그가 명예를 가졌다 해도 그 팬케이크나 겨자를 보기 이전에, 맹세로 자기 명예를 이미 박살내어 버렸을 테니까요.

실리어   그건 누구를 두고 하는 말이야?

터치스톤 *(로절린드를 보고)* 당신 아버지 늙은 프레드릭께서 사랑하시는 분이지요.

로절린드 우리 아버지가 사랑하신다면 그것만으로도 그분에게 충분히 명예가 되지. 이제 그만둬! 그분에 관해서 더 이상 지껄이지 마라. 아니면, 넌 남을 욕한 죄로 언젠가는 매를 맞을 테니까.

터치스톤 현명한 사람들의 바보짓에 대해 바보가 현명하게 말하지 못하게 금지하는 건 너무나 무정하군요.

터치스톤으로 분장한 18세기 배우 톰 킹 Tom King

| 실리어 | 그래, 네 말이 맞아. 바보들의 하찮은 지혜가 봉쇄당한 이후로 현명한 사람들의 사소한 바보짓이 엄청나게 많이 눈에 뜨이게 됐으니까. 저기 러 보우 씨가 오는군. |

🌸 *러 보우가 이쪽으로 바삐 오고 있다.*

로절린드	입에 소식을 가득 채워가지고 오는군.
실리어	비둘기가 새끼들에게 먹이를 먹이듯이 저 사람은 우리에게 소식들을 집어넣을 테지요.
로절린드	그러면 우린 소식으로 가득 차게 되겠지.
실리어	그럴수록 더 좋아요. 덕분에 우린 포동포동해져서 더 잘 팔리게 될 테니까. 안녕하세요, 러 보우 씨? 뭔가 소식이라도 있나요?
러 보우	아름다운 공주님들, 매우 좋은 심심풀이를 놓치셨네요.
실리어	심심풀이라니! 어떤 종류의 것인데요?
러 보우	어떤 종류라니요! 난 뭐라고 대답해야 좋지요?
로절린드	지혜와 행운이 시키는 대로 말하세요.
터치스톤	*(조롱조로)* 또는 숙명이 명령하는 대로 하시지.
실리어	그 말 잘했어. 너무 지나친 말이긴 해도.
터치스톤	아니지요. 만일 내가 나의 지위를 못 지킨다면 말입니다.
로절린드	당신 지위의 그 냄새가 없어지게요.
러 보우	원, 공주님들도. 기가 막혀. 그건 그렇고, 멋진 씨름이었는데, 공주님들이 그 구경거리를 놓치셨다고 나는 말씀드리고 싶었지요.
로절린드	그러면 어떻게 씨름을 했는지 그 얘기를 좀 해보세요.
러 보우	저는 시작부분을 얘기해 드릴 테니, 마음에 드신다면, 그 결말을 구경하십시오. 가장 좋은 승부는 지금부터인데, 그들이 바로 이곳

레슬링 시합 직전 광경 _ D. 매클리즈 작

	에 와서 하기로 되어 있으니까요.
실리어	그러면 시작은 끝나고 지나가버렸군요.
러 보우	어떤 노인과 세 아들이 왔지요.
실리어	서두가 그렇다면 난 옛날 얘기를 듣고 나와도 좋을 것 같아요.
러 보우	세 청년은 체격이 늠름하고 풍채가 당당했지요.
로절린드	목에 '이 위풍당당한 포고로 모든 사람에게 알리는 바이다.' 라는 팻말이 걸려 있었겠군요.
러 보우	그 중 제일 나이 많은 청년이 공작님의 씨름선수 찰즈와 겨루었는데, 찰즈는 눈 깜짝할 사이에 상대방을 내던져 갈빗대를 세 대나 부러뜨려서 살 가망이 거의 없게 만들어버렸지요. 그리고 둘째도, 셋째도 같은 꼴로 만들어 놓았습니다. 저기 모두 쓰러져 있고, 늙은 아버지가 자식들을 어찌나 가엾게 슬퍼하던지, 주위 사람들도 모두 함께 눈물을 쏟고 있다고요.

로절린드	어머나!
터치스톤	하지만 아가씨들이 놓치셨다는 심심풀이란 도대체 어떤 기요?
러 보우	아니, 그건 지금 내가 말씀드리고 있잖아요.
터치스톤	그렇다면 사람들이 날마다 한층 더 현명해지고 있는 모양이야. 갈빗대를 부러뜨리는 게 아가씨들의 심심풀이란 말을 나는 처음 듣거든.
실리어	나도 처음 들어요. 정말 그래요.

로절린드 _ C. 빌헬름 작

로절린드	하지만 그밖에 또 누가 자기 옆구리 뼈를 부러뜨려서 엉터리 음악을 연주하고 싶어 하겠어요? 누가 갈빗대를 부러뜨리고 싶어하는가요? 실리어, 우리 그 씨름을 구경해 볼까?
러 보우	여기 그냥 계시면 구경하시게 됩니다. 이곳이 씨름판으로 정해진 장소니까요. 그들은 이제 곧 이리로 와서 시작할 것입니다.
실리어	아, 정말, 저기 오고 있어요. 그럼 그냥 여기 있다가 구경하기로 하지요.

    🌸 *나팔 소리. 프레드릭 공작과 그의 귀족들, 올랜도, 찰즈, 시종들, 씨름판으로 정해 놓은 장소를 향하여 잔디밭을 가로질러서 온다.*

프레드릭 공작	자, 시작해라. 아무리 타일러도 이 젊은이는 말을 듣지 않으니까 자기 고집 때문에 재앙을 자초하는 거야.
로절린드	저기 저 사람이 그분인가요?
러 보우	그렇습니다. 미치광이지요.
실리어	어머나, 너무 어리잖아요! 하지만 이길 것처럼 보이는군요.
프레드릭 공작	아, 내 딸애와 조카딸이로구나! 너희는 씨름을 구경하려고 살그머니 이곳에 왔느냐?
로절린드	네. 그러니 제발 허락해 주세요.

프레드릭 공작	내가 장담해두지만 너희에게는 재미가 별로 없을 게다. 한쪽이 워낙 장사라서 차이가 심하거든. 나는 도전하는 젊은이가 가련해서

시합을 하지 말라고 권해보고 싶지만 그는 막무가내일 것 같아. 너희가 좀 말려봐라. 혹시 말을 들을는지도 모르니까.

실리어 러 보우 씨, 저분을 이리 좀 불러와 줘요.

프레드릭 공작 그게 좋겠다. 난 자리를 비켜 줄 테다. (*자리를 떠난다.*) 이봐, 도전자, 공주님들이 당신을 부르신다.

러 보우 올랜도 (*앞으로 나오면서*) 저는 경의와 의무를 다하여 경청하겠습니다.

로절린드 이봐요, 젊은이, 당신이 감히 씨름선수 찰즈에게 도전했나요?

올랜도 (*절을 하면서*) 아름다운 공주님, 그게 아닙니다. 찰즈가 어느 누구에게나 도전해 오는 겁니다. 다른 사람들과 마찬가지로 나도 그 자와 겨루어 나의 젊음의 힘을 시험해 보자는 것뿐이지요.

실리어 젊은이, 당신의 기백은 나이에 비해 지나치게 대담해요. 상대방의 강력한 힘에 관해서는 당신도 잔인한 실례를 보았지요. 만약 당신이 자기 눈으로 자기를 살펴보거나 이성으로 자기 역량을 따져 본다면, 이 모험이 무서워져서 좀 더 자신에게 알맞은 일에 마음이 끌리게 될 테지요. 당신 자신을 위하여, 자기 몸의 안전을 생각해서라도 이런 모험은 제발 하지 마세요.

로절린드 그렇게 하세요. 그렇게 하셔도 당신의 명예는 손상되지 않을 거예요. 우리가 공작님께 말씀드려서 씨름을 이것으로 그만두게 하겠어요.

올랜도 제발 못마땅하게 생각해서 나를 책망하지는 말아 주십시오. 아름답고 훌륭하신 귀부인들의 뜻을 조금이라도 어긴다는 것은 참으로 죄가 된다는 것을 나도 잘 알고 있지요. 하지만 당신들의 예쁜 눈과 상냥한 마음이 이 승부에 나가는 나를 지켜봐 주기를 바랍니다. 이 승부에서 내가 진다면 보잘 것 없는 사내 한 명이 창피를 당

로절린드 : 젊은 신사여, 행운을 위해 이것을 목에 걸어요.

할 뿐이고, 내가 죽는다면 오히려 그것을 원하던 사내가 한 명 죽는 것뿐이지요. 친구들에게 폐를 끼칠 일도 없는 이 사람입니다. 나를 위해 슬퍼해 줄 사람은 아무도 없으니까요. 또 나는 세상에 해를 끼칠 리도 없어요. 재산이 전혀 없는 이 사람이니까요. 나는 이 세상에서 자리 하나만 메우고 있는 존재에 불과하니까, 내가 그 자리를 비우게 되면 더 좋은 사람으로 메워질 수 있을 겁니다.

로절린드 하찮은 제 힘이지만, 당신에게 그 힘이라도 보태드리고 싶군요.

실리어 제 힘도 거기 보태서 드리고 싶어요.

로절린드 그럼 다시 또 뵙겠어요. 제발 제가 당신을 잘 못 봤다면 좋겠어요!

실리어 당신의 뜻대로 되기를!

찰즈 *(큰소리로)* 어이, 자기 어머니인 대지의 품에 눕고 싶어하는 그 젊은 호걸은 어디 있느냐?

올랜도 여기 있소. 하지만 난 생각만은 좀 더 점잖은 짓을 할 작정이오.

프레드릭 공작 시합은 일회전만 하라.

찰즈 예, 염려 마십시오. 첫 승부조차 그렇게도 간곡히 못하게 막으신 공작님이신데 저놈에게 이 회전에 나오라고 요청하실 필요는 없으실 테니까요.

올랜도 당신은 나중에 나를 조롱할 생각이라면 시합 전에는 조롱해서는 안 되는 거요. 어쨌든 자, 시작합시다.

로절린드 허큘리즈 Hercules 장사가 이제 저 젊은 분을 도와주시기를!

실리어 난 눈에 보이지 않게 되어 저 장사의 다리를 잡아 주었으면 좋겠어! *(씨름이 시작된다. 올랜도가 유리한 태세를 취한다.)*

로절린드 어쩌면! 훌륭한 젊은 분이시네!

실리어 내 눈에 벼락이 들어있다면, 이 정도에서 그만 승패를 정해 버리고 싶어. *(두 씨름꾼이 이리저리 밀리고 다니다가 별안간 찰즈가*

레슬링에서 올랜도가 찰스를 쓰러뜨리다.
_ F. 헤이먼 작

땅바닥에 털썩 나가떨어진다. 사람들은 갈채를 보낸다.)

프레드릭 공작 *(일어서면서)* 이제 그만, 이제 그만.

올랜도 아닙니다, 공작님. 저는 기운이 아직 채 솟기도 전입니다.

프레드릭 공작 찰즈, 넌 어떠냐?

러 보우 저 사람은 말을 할 수가 없습니다, 공작님.

프레드릭 공작 저리 데리고 나가라. *(찰즈를 들어 내간다.)* 그런데 젊은이는 이름
이 뭔가?

올랜도 올랜도라고 합니다. 로울런드 드 보이스 경의 막내아들이지요.

프레드릭 공작 나로서는 네가 다른 사람의 아들이었으면 좋았을 게다. 세상 사람
들은 너의 아버지를 훌륭한 분이라고 칭찬했지만 그는 언제나 나

의 적이었어. 네가 다른 가문의 태생이었더라면 이번 일이 좀 더 내 마음에 들었을 게다. 그럼 잘 가라. 넌 참으로 용감한 젊은이야. 그러나 난 네가 다른 사람을 자기 아버지라고 말했더라면 좋았을 거라고 봐. *(공작, 러 보우, 귀족들이 퇴장한다.)*

실리어 언니, 내가 아버지라면 저렇게 할 수 있을까요?

올랜도 난 로울런드 경의 아들, 그 막내아들이라는 걸 한층 더 자랑으로 삼고, 설령 프레드릭의 상속자가 된다 해도 이 이름을 바꾸고 싶지는 않아요.

로절린드 우리 아버지는 로울런드 경을 자기 영혼처럼 사랑하시고, 세상 사람들도 모두 거의 아버지와 같은 마음이었어. 이 젊은이가 그 어른의 아들인 줄 미리 알았다면 그가 이런 모험을 하기 전에 나는 모험하지 말라고 눈물을 흘리며 권했어야만 해.

실리어 언니, 우리 그분에게 가서 고마움을 표시하고 격려해 주자고요.

로절린드가 올랜도에게 목걸이를 주다.
_ J. 다운먼 작

우리 아버지의 심술궂은 화풀이가 내 마음을 찌르거든요. *(두 처녀가 일어서서 올랜도에게 다가간다.)* 여보세요, 정말 훌륭했어요. 사랑에 있어서도 당신이 이처럼 자기 약속을 지킨다면, 아니, 약속보다 훨씬 더 훌륭하다면, 당신의 애인은 참으로 행복할 거예요.

로절린드   *(목에서 목걸이를 풀어 가지고)* 여보세요, 저를 위해서 이걸 목에 걸어 주세요. 운명에게 버림받은 저는 손에 부족을 느끼지 않는 처지였다면 좀 더 좋은 선물을 드릴 수도 있을 거예요. 이봐, 실리어, 안 가보겠어? *(돌아서서 가기 시작한다.)*

실리어   *(올랜도에게)* 훌륭한 젊은 신사여, 그럼 안녕히 계세요. *(언니를 따라간다.)*

올랜도   내 입에서는 고맙다는 말도 나올 수 없는가? 나의 좋은 부분은 모조리 나가 떨어지고, 여기 서 있는 건 멍텅구리에 불과하단 말인가? 생명도 없는 나무토막에 지나지 않는단 말인가?

로절린드   저기서 우릴 부르는군. 나는 이제 이런 신세에다 자부심마저 없어졌나 봐. 무슨 용무인지 나는 물어 봐야겠어. *(돌아서서)* 부르셨나요? 당신은 참으로 훌륭했어요. 나가떨어진 건 당신의 적들만이 아니었어요. *(두 사람이 서로 마주본다.)*

실리어   *(언니의 손을 잡아당기면서)* 그만 가요, 언니.

로절린드   음, 갈게. *(올랜도에게)* 안녕히 계세요. *(허둥지둥 퇴장한다. 실리어가 그 뒤를 따라 퇴장한다.)*

올랜도   무슨 감정이 내 혀를 이렇게 무겁게 짓누르고 있을까? 나는 한 마디도 말하지 못하다니. 그녀는 말을 재촉했는데 말이야.

🍀 *러 보우, 다시 등장한다.*

올랜도	아, 가련한 올랜도, 너야말로 나가떨어졌어! 찰즈가, 아니, 그보다 악한 누군가가 너를 정복해 버렸어.
러 보우	아, 이봐요, 내가 호의로 권하는데 당신은 빨리 이곳을 떠나시오. 당신은 물론 절찬과 갈채와 경애를 받을 만하지만, 공작의 지금 기분으로서는 당신의 공적이 모두 오해되고 있다고요. 공작은 변덕이 심하지요. 그것이 어떤 것인지는 글쎄 내가 말하는 것보다는 당신이 생각해 보는 게 더 나을 거요.
올랜도	감사합니다. 그런데 저, 물어 볼 말이 있습니다. 아까 씨름을 구경한 두 처녀 중 어느 쪽이 공작의 딸인가요?
러 보우	그들의 품행으로 보아서는 어느 쪽도 공작의 딸이 아니지만, 사실은 나이가 어린 쪽이 공작의 딸이지요. 다른 쪽은 추방당한 공작의 딸인데, 찬탈자인 삼촌 곁에 붙들려서 그의 딸과 함께 있게 되었지요. 두 사람의 사랑은 친형제의 정분보다 더합니다. 하지만 사실대로 말하자면 요즈음 공작은 그 얌전한 조카딸이 마음에 들지 않는 모양이더군요. 딴 이유가 있어 그런 게 아니라, 다만 사람들이 그녀의 정숙함을 칭찬하고, 그녀의 선량한 부친을 생각해서 그녀를 동정하기 때문이지요. 그런데 정말이지 그 아가씨에 대한 공작의 증오심은 언제 느닷없이 폭발할는지 모르는 일이지요. 그러면 잘 가시오. 앞으로 이보다 더 살기 좋은 세상이 된다면, 나는 당신과 좀 더 친하게 사귀어 보고 싶군요.
올랜도	참으로 감사합니다. 안녕히 계십시오. *(러 보우가 퇴장한다.)* 그러면 나는 이제 연기로부터 불 속으로 뛰어들어야만 한단 말인가? 포악한 공작으로부터 포악한 형에게 돌아가야만 한단 말인가? 그건 그렇고, 저 천사 같은 로절린드! *(명상에 잠겨서 퇴장한다.)*

프레드릭 공작 저택 안의 한 방.

🍀 로절린드는 의자에 앉아서 얼굴을 벽 쪽으로 향하고 있다.
   실리어는 몸을 굽힌 채 로절린드를 보고 있다.

실리어 : 로절린드 언니, 왜 그래? 정말 말 안할 거야? 쿠피드는 자비를 베풀어 주소서!

| 실리어 | 아, 언니! 로절린드 언니! 큐피드 Cupid는 자비를 베풀어 주십시오! 그래, 한 마디도 안 할 참이야? |
| 로절린드 | 개한테나 던져 줄 말은 이제 하기 싫어. |

실리어	아니, 언니의 말은 개한테 던져 주기엔 너무 아까워요. 하지만 나 한테는 좀 던져 줄 수 있잖아. 자, 이치를 따져서 날 꼼짝달싹 못하게 해봐요.
로절린드	그러면 사촌인 언니와 동생 두 명이 병신이 되고 말아. 한쪽은 사연을 들어서 병신이 되고, 다른 쪽은 아무 이유도 없이 미칠 테니까 말이야.
실리어	하지만 이건 다 언니의 아버지 때문이지?
로절린드	아니야. 어느 정도는 앞으로 태어날 내 아이의 아버지 때문이야. *(일어선다.)* 아, 나날이 살아가는 이 세상은 왜 이토록 가시덤불 천지란 말인가!
실리어	언니, 이 정도는 명절날 바보들이 장난삼아 언니에게 던지는 밤송이들 따위에 불과해. 우리가 제대로 난 길을 걸어가지 않는 경우에는 속치마에마저도 그것들이 달라붙을 거야.
로절린드	옷에 달라붙은 거라면 난 털어낼 수도 있어. 하지만 이 밤송이는 내 마음속에 들어있다고.
실리어	'에헴' 하고 기침을 해서 떼어 버려요.
로절린드	'에헴' 하고 기침해서 그이를 만날 수만 있다면 난 그렇게라도 해 보겠어.
실리어	자, 그렇다면 언니는 자신이 사모하는 마음과 씨름하세요.
로절린드	아, 그 사모하는 마음이 나 자신보다 더 힘이 센 쪽의 편을 들고 있단 말이야!
실리어	어머, 잘해 보세요! 언니는 쓰러진다 해도 잘 할 수 있을 거야. 하지만 농담은 그만두고 진지하게 얘기해 보자고요. 그래, 이렇게 난데없이 언니가 저 로울런드 경의 막내아들을 그렇게도 열렬히 좋아하게 되다니, 도대체 그럴 수도 있을까요?

프레드릭 공작 : 로절린드, 너를 내 궁전에서 추방한다.

로절린드	공작이신 우리 아버지는 그이의 아버지를 무척 사랑하셨어.
실리어	그래서 언니가 그분의 아들을 무척 사랑해야만 한다는 결론인가요? 그런 논법으로 간다면, 우리 아버지가 그이의 아버지를 미워하셨으니까 나는 그이를 미워해야만 하겠군요. 하지만 난 올랜도를 미워하지는 않아요.
로절린드	나를 위해서라도 제발 그이를 미워하지는 마라.
실리어	미워하지 않을 수 없잖아요? 내가 그이를 미워할만한 까닭이 있잖아요?
로절린드	그러니까 내가 그이를 사랑하도록 내버려둬. 그리고 내가 그이를 사랑하니까 너도 그이를 사랑해라. (문이 활짝 열리고 프레드릭

공작이 시종들과 귀족들을 거느리고 나타난다.) 어머나, 공작께서 이리 오시고 있어.

실리어 화가 뻗쳐서 두 눈이 이글거리고 있군요.

프레드릭 공작 *(문 앞에 멈추어 서서)* 이봐, 로절린드, 네 몸의 안전을 도모하려면 빨리 챙겨 가지고 나의 궁전에서 떠나라.

로절린드 정말이세요, 숙부님?

프레드릭 공작 그렇다, 조카딸아. 지금부터 열흘이 지나서도 네가 나의 궁전에서 이십 마일 범위 안에서 발각된다면, 네 목숨은 없을 줄 알아라.

로절린드 저는 공작 전하께 간청해요. 제가 무슨 죄를 지었는지 제발 가르쳐 주세요. 저는 자기 자신을 알고 있는 한, 자기 자신의 마음의 움직임을 알고 있는 한, 그리고 절대로 그럴 리는 없지만 꿈을 꾸고 있거나 실성한 상태에 있지 않은 한, 숙부님, 미지의 마음속에서조차 숙부님을 거역해 본 적이 없어요.

프레드릭 공작 반역자들은 모조리 그렇게 말하지. 그들의 죄가 말로 씻어지는 것이라면, 반역자들도 미덕 자체처럼 결백할 테지. 내가 너를 믿지 않는다고 말해 주면 그걸로 충분한 거야.

로절린드 하지만 숙부님의 의혹만 가지고는 제가 반역자가 될 수 없어요. 어떤 점이 의심스러운지 말씀해 주세요.

프레드릭 공작 넌 네 아버지의 딸이야. 그걸로 충분해.

로절린드 숙부님이 우리 아버지의 영토를 빼앗았을 때에도 저는 우리 아버지의 딸이었어요. 숙부님이 우리 아버지를 추방했을 때에도 저는 우리 아버지의 딸이었어요. 혈통으로 반역을 하는 건 아니에요. 설령 일가친척들로부터 반역을 이어 받는다 해도 저하고는 관계없는 일이잖아요? 우리 아버지는 반역자가 아니었어요. 그러니 숙부님, 제가 궁색하다고 해서 반역할 것이라고 오해하지는 마세요.

실리어	아버지, 제발 제 말을 들어보세요.
프레드릭 공작	아, 실리어, 나는 너를 위해 저 애를 여기 머물러 있게 했어. 너 때문이 아니었더라면, 저 애는 이미 자기 아버지와 함께 방랑하는 신세가 되었을 게다.
실리어	그 당시에 저는 언니를 저와 함께 있도록 해달라고 간청하지 않았어요. 그건 아버지가 자진해서 동정하여 하신 일이었어요. 그때만 해도 저는 너무 어려서 언니의 가치를 몰랐지만 이제는 알고 있어요. 만약 언니가 반역자라면, 아, 저도 반역자예요. 우린 항상 잠도 같이 자고, 같이 일어나고, 같이 공부하고, 노는 것도 먹는 것도 같이 하고, 그리고 어딜 가나 주노 Juno 여신의 백조들처럼 항상 둘이 같이 가고 서로 떨어져 있지 않았어요.
프레드릭 공작	저 애는 너무나도 교활해서 너는 모르고 있는 거야. 저 애의 번질거리는 가면하며 바로 그 침묵하며 그 인내성이 민중들에게 호소하구, 민중들은 저애를 동정한단 말이야. 넌 바보야. 저 애가 네 명성을 뺏고 있단 말이야. 네가 더 빛을 내고 미덕을 나타내기 위해서는 저 애가 없어야 해. 그러니 넌 입을 열지 마라. 나의 선고는 확고부동하지. 그 선고가 저 애한테 내려졌어. 저 애는 추방되는 거야.
실리어	정 그러시다면 그 선고를 저에게도 내려주세요. 저는 언니와 떨어져서는 살 수 없어요.
프레드릭 공작	바보 같은 소리 마라. 이봐, 조카딸, 넌 준비해라. 지체하고 있으면 내 명예에 걸고, 그리고 내 말의 위대함에 걸고 맹세하지만, 네 목숨은 없는 거야. *(돌아서서 귀족들을 데리고 방을 나간다.)*
실리어	아, 가엾은 로절린드, 어디로 갈 건가요? 아버지를 바꿀 생각은 없나요? 난 언니에게 우리 아버지를 주겠어요. 제발 나보다 더 심하

게 슬퍼하진 말아요.

로절린드 난 슬퍼할 까닭이 더 많이 있어.

실리어 아녜요, 언니. 제발 기운을 내세요. 공작이 친딸인 나를 추방하신
걸 언니는 모르나요?

로절린드 그런 일은 없었어.

실리어 그런 일이 없었다고요? 그렇다면 로절린드는 사랑이 부족해요.
언니와 내가 일심동체라고 언니 자신에게 말해주는 사랑 말이에
요. 그래, 우리가 갈라지고, 헤어져도 좋단 말인가요? 안 돼요, 우
리 아버지가 다른 상속자를 물색하라고 내버려둬요. 그러니까 우
린 같이 방법이나 생각해요. 어떻게, 어디로, 무엇을 챙겨가지고
도망갈 것인지 말이에요. 그리고 언니의 불행을 혼자 짊어지려고
하여, 슬픔을 언니 혼자 참고 나를 내버려두지는 말아요. 지금 우
리의 슬픔 때문에 창백해진 저 하늘에 걸고 맹세하지만, 언니가
뭐라고 말하든, 난 언니를 따라가겠어요.

로절린드 그렇지만 우린 어디로 가야 좋을까?

실리어 저의 큰아버지를 찾아서 아든 숲으로 가요.

로절린드 아, 우리가 처녀의 몸으로 그렇게 먼데까지 가다니 얼마나 위험하
겠는가! 미인은 황금보다 더 쉽게 도둑을 자극하거든.

실리어 난 초라한 옷으로 천하게 변장하고 얼굴에는 밤색 칠을 하겠어요.
언니도 그렇게 하세요. 그러면 우린 습격 받을 염려도 없이 무사
히 갈 수 있을 거예요.

로절린드 난 키가 큰 편이니까 차라리 말쑥하게 남자로 변장하는 게 더 낫
지 않을까? 용감하게 단도를 허리에 차고, 손에는 멧돼지 사냥용
창을 들고, 그리고 가슴속에는 여자 나름의 공포심이 숨어 있다
해도, 외관만은 뽐내는 용사같이 보이자. 글쎄, 세상의 수많은 겁

제우스의 심부름꾼 가니메데

쟁이 사내들처럼 외관으로 공포심을 무안하게 만들자 이거야.

실리어　　언니가 남자로 변장하면, 난 이름은 뭐라고 불러야할까?

로절린드　조우브 Jove 신의 시동보다 못한 이름은 안 돼. 그러니까 날 개니미드 Ganymede라고 불러라. 그러면 네 이름은 뭐라고 부르면 좋을까?

실리어　　내 신세와 관계있는 이름이 좋을 거예요. 난 이제부터 실리어가 아니라 앨리너 Aliena예요.

로절린드　그런데 얘, 너의 아버지의 궁전에서 저 어릿광대 바보를 꾀어내 가면 어떨까? 그가 우리 여행에 좋은 위안거리가 되지 않을까?

실리어　　나와 함께 간다면 그는 이 넓은 세계 어디라도 같이 가줄 거예요.

그를 설복하는 일은 나한테 맡겨두세요. 자, 우린 여기서 물러가요. 보석이니 패물이니 모두 챙기고, 가장 좋은 시기와 가장 안전한 길을 택하며, 내가 달아난 다음에 뒤를 추격당한다 해도 잡히지 않을 방법을 강구하자고요. 이제 우리는 추방되는 게 아니라 자유를 향해 기꺼이 가는 거예요. *(두 사람이 퇴장한다.)*

2막 1장

아든 숲.

🍀 동굴 입구. 그 앞에는 가지를 펼친 나무가 하나 서 있다. 추방 당한 옛 공작, 에이미엔즈, 사냥꾼 같은 차림새를 한 두세 명의

귀족들, 동굴에서 나온다.

옛 공작 추방 생활의 나의 동료, 나의 동포들이여, 매일 습관이 되고 보니 이런 생활이 저 화려한 영화의 생활보다 더 유쾌하지 않은가? 이 숲이 저 사악한 궁전보다는 위험이 더 적지 않은가? 이곳에서는 저 아담이 받은 사계절의 변화라는 형벌도 우리는 못 느끼지 않는 가? 겨울철 찬바람의 얼음 같은 어금니가 살을 에이 듯이 내 몸에 불어 닥치고 추워서 몸이 오그라드는 그런 때조차 나는 웃으면서 이렇게 말하지 않는가? "이건 아첨이 아니지. 이것이야말로 나에 게는 진정 어린 간언이랄까, 내 위치를 뼈저리게 가르쳐 주는 거야"라고 말이야. 역경의 이점은 아름답지. 역경이란 보기 흉하고 독이 있지만 머리에는 귀한 보석을 지니고 있는 두꺼비와 같거든. 이래서 속세와 멀리 떨어진 생활을 하면서 우리는 나무들이 하는

보석을 가진 두꺼비

말을 듣고, 흘러가는 개울물을 책으로 삼으며, 돌들이 하는 설교에 귀를 기울이고, 모든 사물 안에서 선을 발견한다. 나는 이러한 생활을 변경하고 싶지 않아.

에이미엔즈 공작 전하께서는 행복하시군요. 운명의 완고함을 이토록 한가하고 이토록 아름다운 말투로 바꾸어 놓으실 수 있으니까요.

옛 공작 자, 그럼 사슴이나 잡으러 나가 볼까? 그런데 얼룩무늬를 가진 이 가련한 바보들이 이 쓸쓸한 도시의 토착민이면서도 자기네 영역에서 작살 화살에 통통한 넓적다리를 꿰뚫린다는 건 나로서는 참 괴로운 일이야.

귀족 1 전하, 사실 저 우울한 제익퀴즈도 그걸 슬퍼하고 있습니다. 그런 면에서 본다면, 전하를 추방한 동생보다 전하 자신이 한 술 더 뜨는 찬탈자라는 겁니다. 오늘도 에이미엔즈 경과 저는 그 사람이 참나무 밑에 누워 있을 때 그 뒤로 살금살금 다가가 봤지요. 그런데 그 참나무의 해묵은 뿌리는 이 숲을 둘러싸고 넘나드는 개울을 내다보고 있지만, 그때 마침 가엾게도 외떨어진 사슴 한 마리가 사냥꾼의 화살에 상처를 입고 그곳에 와서 괴로워하고 있었지요. 아, 전하, 불쌍한 그 짐승은 어쩌나 심하게 신음을 하던지, 탄식은 그놈의 가죽 외투를 찢어 터뜨릴 지경이었지요. 그리고 구슬 같은 눈물방울은 그 죄 없는 코에 가엾게도 내리쏟아지고 있었지요. 털이 많은 그 바보는 그렇게 해서 우울한 제익퀴즈의 눈에 환히 띈 채 세차게 흘러가는 개울가에 서서 자기 눈물로 개울물을 불어나게 하고 있었지요.

옛 공작 그래서 제익퀴즈는 뭐라고 말했나? 그 광경을 보고 뭔가 교훈을 말하지는 않았나?

귀족 1 아, 예, 그는 수많은 비유를 들었지요. 첫째, 사슴이 울어서 쓸데없이 개울물을 불어나게 하는 데 대해서는 이렇게 말하더군요. "불쌍한 사슴아, 너도 세상 사람들처럼 유산 분배를 하고 있는데, 너무 많이 가진 개울에 네 몫까지 덧붙여 주고 있다."고 말입니다. 그리고 벨벳 가죽을 가진 자기 친구들에게 버림받고 홀로 떨어져서 거기 있는 데에 대해서는 "옳지. 이래서 불행한 자는 친구들로부터 멀어지는 법이지."라고 말했습니다. 이때 실컷 풀을 뜯어 먹던 한 떼의 사슴들이 아무 관심도 없이 아까 그놈 곁을 뛰어가며 아랑곳도 하지 않는 것을 보고 제익퀴즈는 이렇게 말했습니다. "아, 이 살찌고 기름진 것들아, 빨리 지나가버려라! 세상만사 다 그런 거야. 저 불쌍하고 패배한 파산자를 너희가 무엇 때문에 돌아다볼 필요가 있단 말이냐?"라고요. 이렇게 그 사람은 독설을 휘둘러 맹렬하게 국가를, 도시를, 궁정을 찌르더군요. 아니, 우리들의 이 생활에 대해서마저 욕을 했지요. 우리는 순전히 찬탈자들이고 폭군들이며, 그리고 이보다 한층 더 사악하게도 짐승들을 위협하여 죽이려고 그것들의 타고난 영역까지 침입해 와 있다고요.

옛 공작	그래서 너는 그 사람이 그러한 명상에 잠긴 걸 내버려두고 왔단 말인가?
귀족 2	예, 전하. 울고 있는 그 사슴을 보면서 눈물을 흘리며 논평하고 있는 그 사람을 우리는 그냥 두고 왔습니다.
옛 공작	그곳으로 나를 안내해라. 나는 그 사람이 그런 우울증에 사로잡혀 있을 때 함께 얘기해 보고 싶어. 그 사람은 그럴 때 화제가 무궁무진 하니까.
귀족 1	예, 제가 즉시 안내해 드리겠습니다. *(모두 퇴장한다.)*

프레드릭 공작 저택 안의 한 방.

🍀 *프레드릭 공작, 귀족들, 시종들이 등장한다.*

프레드릭 공작 그래, 아무도 그것들을 보지 못할 수가 있단 말이냐? 그건 있을 수 없는 일이야. 이건 나의 궁중의 어떤 나쁜 놈들이 공모하여 도망치게 한 거야.

귀족 1 공주님을 봤다는 사람은 한 사람도 없습니다. 공주님 방에서 시중드는 부인들은 공주님이 잠자리에 드시는 걸 봤다는데, 새벽녘에 보니 이부자리 속에 공주님은 안계시더라는군요.

귀족 2 공작 전하, 전하께서 평소에 흔히 조롱하시던 저 천박한 어릿광대도 보이지 않습니다. 공주님의 시녀 히스페리어 Hisperia가 몰래 엿들었다는 얘기라며 고백하는데, 공주님과 조카 따님은 지난번에 저 늠름한 찰즈를 쓰러뜨린 용사의 재능과 미덕을 대단히 칭찬했다더군요. 그러니까 두 분이 어디를 가든 그 젊은이가 반드시 동행할 거라고 히스페리어는 믿고 있습니다.

프레드릭 공작 그놈의 형의 집에 사람을 보내서 그 멋쟁이 놈을 이리 데려와라. 그놈이 없다면 그놈의 형이라도 데리고 와라. 형을 시켜서 그놈을 찾아내게 할 테다. 빨리 해라. 또한 수색과 탐색도 소홀히 하지 마라. 이 어리석은 도주자들을 빨리 다시 데려오도록 하라. *(모두 퇴장한다.)*

올리버의 집 정원.

🍀 올랜도와 애덤이 등장한다.

올랜도   거기 누구요?

애덤   아, 우리 도련님인가요? 아, 친절하고 상냥하신 도련님! 아, 고 로
        울런드 경의 기념이신 분! 아니, 왜 이곳에 있는 건가요? 도련님은
        왜 덕이 높지요? 사람들은 왜 도련님을 좋아하지요? 게다가 도련
        님은 왜 점잖고 힘이 세고 용감하지요? 변덕이 심한 공작의 저 장
        사 씨름꾼을 분별심도 없이 왜 쓰러뜨렸지요? 도련님에 대한 칭찬
        은 도련님보다 먼저 여기 와 있어요. 사람에 따라서는 그의 미덕
        이 도리어 그의 원수가 된다는 걸 도련님은 모르나요? 도련님의
        경우가 그래요. 도련님, 도련님의 미덕은 거룩한 것이면서도 오히
        려 도련님에게는 적이 됩니다. 아, 세상 돌아가는 꼴을 좀 봐. 좋은
        것이 도리어 그걸 지니고 있는 사람에게 재앙이 되다니!

올랜도   아니, 도대체 무슨 일이냐?

애덤   아, 불행한 도련님! 이 집의 대문 안에는 들어서지 마세요. 이 집의
        지붕 밑에는 도련님의 모든 미덕을 시기하는 적이 살고 있지요.
        글쎄 형님이 말이지요. 아니, 그는 형님도 아니지. 글쎄 아드님이
        말입니다. 아드님도 아니지. 난 그를 아드님이라고 부르지도 않을
        테야. 원, 하마터면 그 어른의 아드님이라고 내가 입 밖에 낼 뻔했
        지. 하여간 그분이 도련님에 대한 칭찬을 듣고서는, 도련님이 주

올랜도 : 이봐, 애덤, 도대체 난 어디로 가면 좋을까?

무시는 곳에 오늘 밤 불을 지를 계획이지요. 도련님이 그 안에서
주무실 때 말입니다. 만약 이 일이 실패하면 다른 수단을 써서라
도 도련님을 죽일 작정이지요. 제가 그분의 흉계를 엿들었거든요.
이곳은 있을 곳이 못 됩니다, 이 집은 도살장에 불과해요. 여기는
더러운 곳이지요. 무서운 곳입니다. 제발 발을 들여놓지 마세요.

올랜도	이봐, 애덤, 그럼 난 도대체 어디로 가면 좋을까?
애덤	이곳만 아니라면 어디로 가든 상관없지요.
올랜도	아니, 넌 나더러 떠돌아다니면서 밥을 빌어먹으란 말이냐? 또는
	비열하고 난폭한 칼을 가지고 큰 길에 나가서 강도질을 하란 말
	이냐? 그럴 수밖에는 없을 테지. 달리 어떻게 해야 좋을지 모르니

까 말이야. 하지만 비록 무슨 짓을 한다 해도, 그런 짓은 하지 않겠어. 차라리 패륜의 저 잔인한 형의 흉계에 내 몸을 맡길 테야.

애덤 하지만 그건 안 됩니다. 제가 오백 크라운을 가지고 있는데 이건 아버님 밑에서 일하면서 급료를 모은 돈이지요. 제가 늙어서 손발도 말을 듣지 않고, 아무도 거들떠봐 주는 사람도 없이 구석에 방치되었을 때, 제 간호인으로 삼으려고 저축해 놓은 돈이라고요. 자, 이걸 받으세요. 까마귀들에게도 먹을 걸 내려주시고, 그래요, 참새들에게도 섭리의 보살핌을 베풀어 주시는 하느님, 저의 노후를 위로해 주십시오! *(애덤이 올랜도에게 돈주머니를 준다.)* 자, 여기 돈이 있어요. 이걸 모두 드리겠습니다. 그리고 저를 하인으로 데려가 주세요. 비록 늙은이로 보이기는 하지만, 아직도 기력은 왕성한 몸입니다. 젊은 시절에 핏속에서 뜨겁게 모반하는 술은 전혀 입에 대지 않았고, 몸을 수척하게 만드는 쾌락을 뻔뻔스럽게 추구하지도 않았으니까요. 그래서 이런 나이지만 왕성한 겨울이며, 서리로 덮이기는 했어도 아직은 여전하지요. 제발 제가 함께 따라가게 해주세요. 젊은이에 못지않게 도련님의 주위를 모조리 돌보아 드릴 테니까요.

올랜도 아, 착한 노인이여, 예전 세상의 종살이는 의리를 위해서 땀을 흘린 것이지 보수를 받기 위해서가 아니었다는데, 그와 같은 성실성이 바로 노인 안에 참으로 잘 드러나고 있다니! 노인은 오늘날의 세태에 어울리지 않아. 지금은 누구나 출세만을 노려 땀을 흘리고 있고, 일단 자기 목적이 달성되면, 달성되는 즉시 봉사하기를 그만두어 버리거든. 그러나 노인은 그렇지가 않아. 하지만 가련한 노인, 노인이 가꾸는 나무는 썩은 나무야. 노인이 아무리 고생해서 아껴 봐도 꽃 한 송이 피우지 못해. 그렇다 해도, 자, 같이 가자.

우리는 같이 행동하면서 노인이 젊었을 때 모은 돈이 다 없어지기
전에 하찮더라도 조촐한 일자리를 구해 보자 이거야.

애덤   도련님, 가봅시다. 저는 숨이 끊어질 때까지 성의와 충성을 다하
      여 따라갈 테요. 열일곱 살 때부터 팔십이 다 된 이 나이까지 여기
      서 살아왔지만, 저는 이제 이곳에서는 그만 살겠습니다. 십칠 세
      때는 누구나 자기 팔자를 펴보려고 하지만, 팔십이 되면 때는 이
      미 늦었지요. 그래도 저에게는 잘 죽어서 주인에게 빚을 지지 않
      는 것보다 더 좋은 팔자는 없을 겁니다. *(두 사람, 정원을 떠난다.)*

2막 4장

아든 숲 변두리의 빈터.

🍀 *개니미드로 이름을 바꾼 로절린드는 산속의 소년처럼 변장하
   고, 앨리너라고 이름을 바꾼 실리어는 양치는 소녀처럼 변장하
   고, 터치스톤과 함께 천천히 들어와서 나무 밑의 땅 위에 털썩
   주저앉는다.*

로절린드   오, 주피터 Jupiter 신이여! 아, 내 마음은 참으로 피곤하다!
터치스톤   난 두 다리만 피곤하지 않다면, 마음은 어떻게 돼도 상관없어요.
로절린드   난 이 사내 복장이 무색하게 해도 상관없으니, 여자답게 울고만

싶어. 하지만 조끼와 바지를 입은 이상 치마 앞에서는 용감하게 보여야만 하니까 약자인 여자를 위로해 줘야겠어. 그러니까 착한 앨리너, 기운을 내!

실리어 제발 부탁이니 저를 그냥 내버려둬요. 난 이제 더 가지 못하겠어요.

터치스톤 나로서는 아가씨를 업어주기보다 그냥 내버려두겠어요. 업어주어도 좋겠지만, 어디 돈이 생겨야지요. 아가씨의 돈지갑은 비어 있을 테니 말입니다.

로절린드 아, 여기가 아든 숲이야.

터치스톤 그래요. 나는 이제 아든 숲에 와 있지요. 그러니 더욱 바보지요. 집에 있었더라면 더 편했을 테니까. 하지만 여행하는 사람들은 감수해야지요.

로절린드 착한 터치스톤, 그래, 그래야지. *(코린과 실비어스가 다가오고 있*

다.) 저길 보라고. 누군가 이리로 와. 젊은이와 노인이 심각하게 얘기를 하면서 말이야.

코린　　　그렇게 하면 그 여자한테 더욱더 멸시만 당하게 돼.

실비어스　아, 코린 노인, 내가 그 여자를 얼마나 사랑하는지 당신도 알아달란 말입니다!

코린　　　어느 정도 짐작은 가지. 나도 예전에 여자를 사랑한 경험이 있으니까.

실비어스　아니에요, 코린 노인. 당신은 늙어 버려서 짐작도 못해요. 당신도 젊어서는 그 누구 못지않게 몹시 여자한테 넋을 잃고, 밤중에 베개를 안은 채 한숨을 내쉬었을 테지요. 하지만 당신도 나처럼 사랑에 넋을 잃어 보았다면, 아니, 세상에 나만큼 사랑에 넋을 잃어 본 사람은 없을 테지만, 도대체 연애감정에 끌려 어느 정도 터무

실비어스 : 아, 코린! 내가 그녀를 얼마나 사랑하는지 알아?

니없는 바보짓을 해보았다는 건가요?

코린 　그야 무수히 해봤지. 지금은 다 잊어버렸지만.

실비어스 　아, 그렇다면 진정으로 연애를 한 건 아니라고요! 연애감정 때문에 저지른 바보짓을 낱낱이 기억하지 못한다면 그건 연애를 해본 게 아니지요. 또는 지금의 나처럼 이렇게 앉은 채 애인에 대한 칭찬으로 듣는 사람을 싫증나게 해줄 정도가 아니었다면 그건 연애를 한 게 아니지요. 또는 지금의 나처럼 열정에 못이겨 친구들이 있는 데서 갑자기 뛰쳐나가고는 하지 않았다면 그건 연애를 해본 게 아니지요. 아, 피비, 피비, 피비! *(얼굴을 두 손에 파묻고 숲 속으로 달려간다.)*

로절린드 　아, 가련한 목동이다! 나는 네 상처를 살펴보고 있는 사이에 뜻밖에도 나 자신의 상처를 뼈저리게 느끼고 말았어.

터치스톤 　나도 그래요. 잊혀지지도 않지만, 연애하던 시절에 나는 돌을 쳐서 칼을 부러뜨렸고, 밤중에 제인 스마일 Jane Smile을 찾아가는 놈에게는 그 부러진 칼을 먹이겠다고 했지요. 그리고 지금도 기억하고 있지만, 나는 그녀의 빨래 방망이에는 물론이고, 그녀가 예쁘장한 튼 손으로 짠 젖소의 젖통에도 키스를 했지요. 그리고 역시 지금도 기억하고 있지만, 완두 깍지를 그녀라고 가상하여 구애를 하고, 그 깍지에서 알맹이 두 개를 빼낸 다음 다시 넣어 놓고, 눈물을 쏟으면서 나를 위하여 이걸 넣고 있으라고 말했지요. 진정으로 연애를 하는 사람들은 묘한 짓을 다 하지만, 만물은 무상하다는데, 연애하는 놈들은 모조리 무상하게 바보짓을 해요.

로절린드 　너는 자기 자신이 의식하고 있는 것보다도 훨씬 더 재치있게 말을 해.

터치스톤 　아닙니다. 난 정강이를 재치에 부딪쳐서 부러뜨릴 때까지는 절대

	로 나 자신의 재치를 의식하지 않아요.
로절린드	조우브 Jove 신이여, 조우브 신이여! 저 목동의 정열은 꼭 나의 정열과 같아요.
터치스톤	그리고 나의 정열과도 같지요. 하긴 내 정열은 좀 퀴퀴한 것 같지만.
실리어	제발 두 분 중에 한 분이 저기 저 남자에게 좀 물어봐줘요, 음식을 팔겠는지 말이에요. 난 기운이 없어서 죽을 것만 같아요.
터치스톤	어이, 바보 양반!
로절린드	쉿, 이 바보야! 저 사람은 너와 똑같은 부류가 아니야.
코린	누가 날 부르는 거요?
터치스톤	당신보다는 훌륭한 사람이지요.
코린	나보다 못하다면 그런 사람들은 참으로 비참하지.
로절린드	쉿! 노인, 안녕하세요?

목동과 양떼

| 코린 | 아, 젊은이, 잘 있었나? 여러분도 모두 잘 지내지요? |
| 로절린드 | 이봐요, 양치기 어른, 애정이나 돈으로 이 쓸쓸한 곳에서 환대를 |

받을 수가 있다면, 우리가 좀 쉬고 음식을 먹을 수 있는 곳으로 제발 안내해 주세요. 여기 이 젊은 처녀는 여행에 어찌나 지쳤던지, 실신하여 도움을 구하고 있어요.

코린 아, 그거 참 안 됐군 그래. 나 자신을 위해서가 아니라 이 처녀를 위해 내가 도와줄 수 있는 팔자라면 좋겠지만, 나는 남의 양떼나 치는 처지라서 내가 기르는 양들의 양털도 내 차지는 되지 않아요. 그리고 주인이라는 작자는 천성이 인색하기 때문에 자선을 해서 천당에 가볼 생각은 거의 없지요. 더구나 양 우리며 양이며 목장 등을 팔려고 내어놓았는가 하면 지금은 주인마저도 부재중이라서 이 양 우리에는 먹을 만한 것이 전혀 없어요. 그래도 뭐가 있는지 가서 봅시다. 그리고 나로서는 성의를 다하여 환영해 드릴 테요.

로절린드 당신 주인의 양과 목장을 사겠다는 사람은 어떤 분인가요?

코린 조금 전에 당신이 여기서 보았던 그 젊은 녀석인데, 사실은 뭘 사 보겠다는 의욕은 별로 없는 모양이오.

로절린드 그럼 당신에게 지장만 없다면, 당신이 그 양 우리며 목장이며 양떼를 사주시겠어요? 대금은 우리가 치러 드리겠어요.

실리어 그리고 당신의 임금도 올려 드리겠어요. 난 이곳이 마음에 들어요. 이곳이라면 즐겁게 시간을 보낼 수 있을 것만 같아요.

코린 이건 확실히 팔려고 내놓은 물건이지요. 그러면 나하고 같이 가봅시다. 얘기를 들어 보신 다음에 토지며 수입이며 이런 생활이 당신들 마음에 든다면, 나는 당신들의 충실한 양치기가 되기로 하고, 당신들 돈으로 이걸 당장 살 테요. *(코린이 퇴장한다. 세 사람은 일어서서 그 뒤를 따라 퇴장한다.)*

2막 5장

추방당한 공작의 동굴 앞.

🌿 *에이미엔즈, 제익퀴즈, 그 외의 사람들이 나무 아래 앉아 있다.*

에이미엔즈　　(*노래한다.*)

　　　　　　푸른 잎이 우거진 나무들 그늘 밑에

　　　　　　나하고 함께 누운 채

　　　　　　새들의 달콤한 지저귐에 맞추어

　　　　　　즐겁게 노래 부르고 싶은 사람이라면

　　　　　　이리 와라. 이리 와라. 이리 와라.

　　　　　　이곳에는 그의 적이 하나도 없다.

　　　　　　겨울철의 싸늘한 바람을 제외하고는.

제익퀴즈　　한 곡조 더, 한 곡조 더, 제발 한 곡조만 더 하세요.

에이미엔즈　　제익퀴즈 씨, 내가 한 곡조 더 하면 당신은 우울해질 거요.

제익퀴즈　　난 그게 고맙단 말입니다. 한 곡조 더, 제발 한 곡조 더 하세요. 난 노래에서 우울증을 빨아먹을 수 있거든요. 족제비가 달걀 속을 빨아먹듯이 말입니다. 한 곡조 더, 제발 한 곡조만 더 하세요.

에이미엔즈　　목이 쉬어서 내 노래가 당신 마음에 들지 않을 거예요.

제익퀴즈　　난 당신이 내 마음에 들기를 바란 게 아니라 당신이 노래를 불러주길 바라는 거요. 자, 한 곡조 더, 다른 노래를 불러 봐요. 요즈음 말로 스탄자 인가 뭔가 하는 거 말입니다.

에이미엔즈　　제익퀴즈 씨, 명칭은 당신 마음대로 하시오.

제익퀴즈	아니, 명칭은 나도 상관하지 않아요. 명칭이 무슨 대차 관계라도 갖게 하는 건 아니니까요. 그래, 노래는 해줄 건가요?
에이미엔즈	난 별로 생각이 없지만, 당신이 요청하니까 한 곡조 해보지요.
제익퀴즈	그렇다면 나는 남에게 감사하다고 말하지 않는 사람이지만 당신에게는 감사하다고 말해 드리지요. 하지만 인사를 한다는 건 비비 두 마리가 길에서 만나는 것과 같아요. 그런데 어떤 사람이 진심으로 나에게 고맙다고 말하면, 저 자가 나한테서 두 펜스를 받더니 거지같이 감사의 말을 한다고 나는 생각하거든요. 자, 노래를 불러요. 노래를 부르고 싶지 않은 사람들은 입을 다물고 있으라고요.
에이미엔즈	그러면 난 노래를 끝낼 테요. 그동안에 여러분은 주안상을 준비하시오. 공작께서 이 나무 밑에서 한 잔 드시기로 되어 있거든요. 공작께서 오늘 온종일 당신을 찾고 계셨지요. *(몇 사람이 나무 밑에 주안상을 준비한다.)*
제익퀴즈	그런데 난 오늘 온종일 공작을 피해 다녔지요. 그분은 입심이 세서 난 도무지 상종할 수가 없어요. 나도 그분만큼은 이치를 따지는 사람이지만, 하느님께 감사하고, 그까짓 건 자랑으로 삼지도 않아요. 자, 노래를 불러요. 자, 부르자고요. *(모두 합창한다.)*

야심을 버리고
햇빛 잘 드는 곳에서 살고 싶어 한다면,
자기 손으로 먹을 것을 찾아서 먹고
그것으로 만족하는 사람이라면
이리 와라. 이리 와라. 이리 와라.
이곳에는 그의 적이 하나도 없다.

겨울철의 싸늘한 바람을 제외하고는.

제익퀴즈   이 곡조에 맞는 노래 가사를 하나 드리지요. 어제 내가 흥이 나지
           않았는데도 억지로 지은 것이지요.

에이미엔즈   그러면 내가 그 가사를 노래로 부르지요.

제익퀴즈   그 가사는 이렇게 되어 있어요. (에이미엔즈에게 종이쪽지를 내어
           준다.)

           혹시라도 어떤 사람이
           바보가 되어 가지고
           재산도 안락함도 다 버린 다음
           자기 고집만 충족시키려고 든다면
           덕대미 Ducdame. 덕대미. 덕대미.
           이곳에서 그는 자기와 똑같은
           바보들을 얼마든지 볼 것이다.
           그가 나를 찾아와서 만난다면 말이다.

에이미엔즈   그런데 '덕대미'란 뭐요?

제익퀴즈   그건 그리스 식의 엉터리 주문인데, 바보들을 홀려서 원형으로 둘
           러서게 만들 때 쓰는 거지요. 나는 이제 가서 잠이나 청해 볼까?
           잠이 오지 않는다면, 추방당한 모든 훌륭한 분들에게 욕이나 해줄
           테요.

에이미엔즈   나는 공작을 찾으러 가봐야겠군요, 주안상은 준비가 다 되어 있으
           니까. (각기 다른 방향으로 퇴장한다.)

숲 변두리의 빈터.

🍀 *올랜도와 애덤이 등장한다.*

애덤   주인님, 저는 한 발짝도 더 가지 못하겠어요. 아, 배가 고파 죽겠
       다! *(쓰러진다.)* 저는 여기 누워서 제 무덤의 길이나 재겠어요. 친
       절하신 주인님, 안녕히 가세요.

올랜도   아니, 왜 이래? 애덤! 이젠 더 담력이 없단 말인가? 좀 더 기운을 내
       라고. 마음을 좀 더 편하게 먹고 기운을 좀 더 내란 말이다. 만일
       이 적막한 숲속에 야수 같은 것이라도 있다면, 내가 그놈의 밥이
       되든가 그놈을 잡아다가 너에게 먹이든가 하겠어. 넌 기운이 모
       조리 빠진 게 아니라 기분 상 죽어 가고 있는 거야. *(애덤을 일으
       켜 앉혀서 나무에 기대 놓는다.)* 나를 봐서라도 기운을 차리고 죽
       음 따위는 좀 밀쳐내 버리라고. 내가 잠시 다녀올 텐데 먹을 것을
       전혀 가져오지 못한다면 너는 그때 죽어도 좋아. 하지만 내가 돌
       아오기 전에 죽는다면, 넌 나의 수고를 조롱한 것밖에 안 되지. *(애
       덤, 입을 머뭇머뭇한다.)* 그래, 말 잘했어! 넌 기운을 차리는 모양
       이로군. 난 곧 다녀오겠어. 그런데 넌 찬바람을 맞으며 누워 있군.
       자, 내가 어디 은신처로 데려다 주지. 이 적막한 곳에 생물이 살고
       있는 한, 난 먹을 것이 없어서 네가 죽게 내버려두지는 않겠어. 기
       운을 차려, 착한 애덤! *(모두 퇴장한다.)*

추방당한 공작의 동굴 앞.

🌸 나무 밑 식탁에는 과일과 술이 놓여 있다. 공작과 귀족들이 식
  탁 앞에 앉아 있다.

엘리자베스 시대의 야외 식사 장면

옛 공작	그 친구는 짐승으로 둔갑해 버렸는가 보군. 사람 모습을 한 그 친구를 난 그림자도 찾아볼 수 없으니 말이야.
귀족 1	공작 전하, 그분은 지금 막 여기서 달아났지요. 쾌활하게 노래를 듣고 있다가 말이에요.
옛 공작	부조화로 꽉 짜인 그 작자가 음악을 좋아하게 되다니, 그러면 바

야흐로 천체(天體)의 조화가 깨질 판이로군. 가서 찾아 봐. 내가 할 얘기가 있다고 전해라.

♣ 제익퀴즈가 나무 사이로 오고 있는 것이 보이며, 얼굴에는 미소를 짓고 있다. 그 뒤에는 에이미엔즈가 따라오고 있다. 에이미엔즈는 다가와서 공작 옆 식탁 머리에 조용히 앉는다.

귀족 1　　그 자가 저렇게 자기 발로 다가오니 제 수고는 덜어졌군요.

옛 공작　　아니, 이봐! 도대체 어찌 된 세상이냐? 가련하게도 사람들이 너하고 같이 있고 싶어 하니 말이야. 원, 넌 꽤나 즐거운 모양이구나!

제익퀴즈　　(웃음을 터뜨리면서) 바보! 바보! 전 숲 속에서 바보를 만났다고요! 얼룩 옷을 입은 바보를 말이에요. 아이고, 비참한 세상이지요!

바보(터치스톤)

저는 바로 이 눈으로 바보를 하나 보았어요. 그놈은 누워서 햇볕을 쪼이며 근사한 말투로 운명의 여신을 욕하고 있었는데, 그게 여간 명문구가 아니었지요. 하지만 얼룩 옷을 입은 바보에는 틀림이 없지요. "바보야, 잘 있었나?" 하고 제가 말을 거니까, 그놈은 "아니요. 하느님께서 나에게 행운을 내려 주실 때까지는 나를 바보라고 부르지 말아요." 하고 대꾸하더군요. 그리고 곧 주머니에서 시계를 꺼낸 다음 광채도 없는 눈으로 들여다보면서 아주 영리하게 이렇게 뇌까렸어요. "지금 열 시로군. 이걸로 봐도 알지만 세계는 움직이고 있어. 한 시간 전만 해도 겨우 아홉 시였는데, 이제 한 시간 후에는 열 한 시가 되겠어. 그래서 우리는 한 시간 또 한 시간 지나가는 만큼 더욱 익어가며, 한 시간 또 한 시간 지나가는 만큼 우리는 썩어간다. 이래서 문제가 있는 거지." 얼룩 옷 입은 바보가 시간에 관하여 그렇게 설교하는 걸 듣자, 바보가 그렇게까지 명상적인가 하고, 제 허파는 수탉같이 우렁차게 웃음을 터뜨렸고 저는 끝도 없이 웃어댔지요, 그놈의 시계로 한 시간 동안이나 말이에요. 아이고, 고상한 바보 같으니! 아이고, 훌륭한 바보 같으니! 오로지 얼룩 옷만 입을 만한 옷이라고요.

옛 공작 도대체 어떠한 바보인가?

제익퀴즈 아, 훌륭한 바보지요! 그는 궁궐에도 있어 봤다는데요, 젊고 아름다운 부인들이라면 곧 그걸 알아 볼 수 있다더군요. 그런데 그놈의 머리는 항해 후에 남은 비스킷처럼 바싹 말라 있었지만, 자기가 관찰해 온 기묘한 얘기들이 그 안에 잔뜩 처넣어져 있어서 그놈은 그것들을 뒤죽박죽 토해 놓고 있지요. 아, 저도 바보가 되어봤으면! 아이고, 저도 그 얼룩무늬 바보 옷을 입어보고 싶어요.

옛 공작 내가 한 벌을 주겠다.

제익퀴즈	그것이야말로 저의 소원이지요. 다만 공작님의 생각 속에 무성하게 지라는 평가들 가운데 저를 현자로 보시는 견해만은 뽑아내 버리세요. 저는 자유를 가져야겠어요. 바람처럼 자유로운 특권을 가지고, 바보가 그러하듯이, 제 마음대로 아무한테나 불어대 봐야겠어요. 그런데 제 바보짓에 가장 심하게 시달리는 사람들이 가장 많이 웃어야만 해요. 그들이 왜 그래야만 하느냐고요? 그 '이유'는 마을의 교회로 가는 길보다 더 확실하지요. 글쎄 분명히 바보한테 얻어맞은 사람이 아파도 그저 아프지 않은 척하지 않으면, 정말 바보 취급을 당하니까요. 그렇지 않으면, 현자의 어리석음이 바보가 마구 쏘아대는 눈총에도 샅샅이 드러나고 말 테니까요. 제게도 바보의 얼룩 옷을 입혀 주시고, 제 마음대로 말하게 해주세요. 그러면 저는 이 병든 세계의 더러운 몸을 속속들이 청소하겠어요. 사람들이 저의 처방을 순순히 받아 준다면 말이에요.
옛 공작	쳇! 네가 뭘 하고 싶어 하는지는 나도 짐작할 수 있어.
제익퀴즈	그럼 한 푼을 걸어도 좋습니다만, 그래, 제가 좋은 일 말고 딴 짓을 할 것 같은가요?
옛 공작	죄를 비난하는 것이 곧 가장 흉악한 죄지 뭔가? 원래 넌 건달이고, 짐승의 본능이 그렇듯이 관능적이고, 그리고 부은 종기며 곪은 곰 발이며 모두 네가 방탕해서 자기 몸에 자초하게 된 것이면서도 이제는 그런 것들을 온 세상에 토해 놓고 싶어하는군.
제익퀴즈	아니, 오만을 비난한다고 해서 어떤 특정인을 질책하는 건 아니잖아요? 오만은 바닷물처럼 엄청나게 흘러서 마침내는 모든 재산까지 썰물처럼 되어버리게 하고 말지 않아요? 이를테면 제가 도시의 여자가 주제넘게 어깨에 군주들과 같은 사치를 걸치고 있다고 말한다고 해서 도시의 어떤 특정한 여자를 지목하는 건 아니잖아요?

올랜도 : 참아요. 더 이상 먹지 말아요.

어느 여자가 나서서 이것이 자기를 지적하는 거라고 말할 수 있겠어요? 그 여자의 이웃에도 같은 여자가 있으니까요. 또는 직업이 천한 어떤 사내를 보더라도, 그 자는 자기를 두고 말하는 줄 알고는 저에게 자기의 호화스러운 옷이 저의 돈으로 산 것이 아니라고 따지고서 제 말의 의도대로 자기의 미련함을 나타내고 말 사람은 없지 않겠어요? 자, 그러면 말이지요. 어떠세요? 의견을 말씀해 보시겠어요? 어떤 점에서 저의 독설이 남에게 해를 끼쳤다는 건가요? 저의 독설이 옳다면 그건 상대방이 나쁘다는 증거인 것이며, 상대방이 비난받을 까닭이 없다면 저의 독설은 어느 누구의 비난도 받지 않은 채 야생 거위처럼 그냥 날아갈 뿐이지요. 그런데 누가 이리 오고 있지요?

🍀 *올랜도가 칼을 빼들고 나타난다.*

올랜도   가만히 있어. 먹지 마.

제익퀴즈   아니, 난 아직 먹지 않았어.

올랜도   앞으로도 먹지 말고, 이쪽이 만족할 때까지 기다려.

제익퀴즈   도대체 이 수탉 새끼는 어떤 종자에서 나온 거야?

옛 공작   이봐, 네가 이렇게 당돌하게 나오는 건 궁색함 때문인가? 또는 이렇게 버릇이 없는 건 야비하게 예의범절을 무시하기 때문인가?

올랜도   당신이 한 말의 첫 마디가 내 기질에 들어맞는 거지. 가시같이 날카로운 궁색함 때문에 예절의 체면도 잊어버렸지만, 이래 뵈도 도시 근처의 출신으로 교양도 조금은 있는 사람이라고. 하지만 가만 있으란 말이야. 내 볼일이 끝나기 전에 이 과일에 손을 대는 놈은 죽을 줄 알아라.

제익퀴즈	*(건포도 송이를 하나 집어 들면서)* 네가 이치로 따져 봐도 소용없는 놈이라면, 난 죽어도 할 수 없어.
옛 공작	그래, 뭘 원하는 거냐? 완력으로 우리에게 친절을 강요하기보다는 점잖게 나오는 게 더 효과적일 게야.
올랜도	난 배가 고파 죽을 지경이에요. 먹을 걸 좀 줘요.
옛 공작	자리에 앉아. 그러고 나서 먹으라고. 여기 식탁머리에 앉아. 환영해 줄 테니까.
올랜도	당신은 그토록 친절하게 말씀하시나요? 제발 용서해 주세요. 사실 저는 이런 곳에서는 모조리 야만적인 줄 알고, 그래서 겉으로 엄하게 명령조로 나왔지요. 그런데 당신들이 어떤 사람들인지는 모르겠지만, 인적이 드문 이 적막한 곳에서, 게다가 음산한 나뭇가지의 그늘 밑에서, 지나가는 시간도 잊은 채 한가하게 지내는 당신들이 한 때는 좋은 날을 보았다면, 종소리가 교회로 이끄는 곳에 살았다면, 착한 이들의 잔치에도 가보았다면, 자기 눈에서 흘러내리는 눈물을 씻어냈다면, 그리고 동정하고 동정을 받고 하는 인정을 알게 되는 경험이 있다면, 저는 점잖은 말로 저의 욕구를 채우기로 하고, 그렇게 바라고 얼굴을 붉히면서 칼을 거두겠어요.
옛 공작	사실, 우리는 한 때 좋은 날도 보았고, 거룩한 종소리에 교회에 갔으며, 선한 사람들의 연회에도 참석했고, 신성한 연민의 정에서 나오는 눈물을 눈에서 씻어내기도 했지. 그러니까, 자, 너도 점잖게 앉아서 우리의 대접을 그냥 받아들이고 너의 필요가 충족되도록 하는 게 좋을 게야.
올랜도	그럼 잠깐만 식사를 멈추고 기다려 주세요. 저는 암사슴처럼 새끼 사슴을 찾아가지고 와서 이 음식을 먹여주어야 하거든요. 사실은

	저기 불쌍한 노인이 한 명 있는데, 그는 순수한 애정으로 저를 따라 고단한 길을 걸어왔지요. 노령과 기아라는 두 가지 불행에 지친 그 노인이 음식을 먼저 먹도록 하기 전에는 난 아무것도 입에 대지 않을 테요.
옛 공작	그럼 그 노인을 찾아가지고 와라. 네가 돌아올 때까지 우린 음식에 손도 대지 않을 테니까.
올랜도	감사합니다. 그토록 친절을 베푸신 당신에게 축복이 내리기를! *(퇴장한다.)*
옛 공작	너도 보다시피 불행한 건 우리뿐만이 아니야. 이 넓은 세계의 무대는 우리가 맡아서 연기하는 비참한 장면들보다 한층 더 비참한 장면들을 보여 주고 있거든.
제익퀴즈	세계 전체가 하나의 무대지요. 그리고 모든 남자들과 여자들은 배우에 불과하고요. 모든 사람이 등장했다 퇴장했다 하는데, 한 남

아기는 우선 유모의 품에서 자란다.
_로버트 스머크 작

자는 평생 동안 여러 가지 배역을 맡고 그의 일생은 칠 막으로 구성되지요. 처음에는 어린애인데, 유모의 품에 안겨 '으앙으앙' 울고 침을 질질 흘리지요. 그 다음에는 투덜거리는 어린 학생인데, 가방을 멘 채 아침에는 빛나는 얼굴이지만 달팽이가 기어가듯이 마지못해 학교에 가지요.

그 다음에는 연인이다. _ 로버트 스머크 작

그 다음에는 연인인데, 용광로처럼 한숨을 쉬고, 애인의 이마를 생각하며 슬픈 노래를 부르지요. 그 다음에는 군인인데, 기이한 맹세들을 늘어놓고, 수염은 표범과 같으며, 체면을 몹시 차리고, 싸움은 번개처럼 재빠르며, 물거품 같은 명예를 위해서라면 대포 아가리에도 뛰어들지요. 그 다음에는 법관인데, 살찐 식용 닭과 뇌물 덕분에 배는 제법 뚱뚱해지고, 눈초리는 매서우며, 수염은 격식대로 길러져 있고, 현명한 격언과 진부한 문구도 많이 알고 있으며, 이렇게 해서 자기 배역을 연기하지요. 그런데 여섯 번째 단계에 들어서면 슬리퍼를 신은 말라빠진 어릿광대 역으로 변

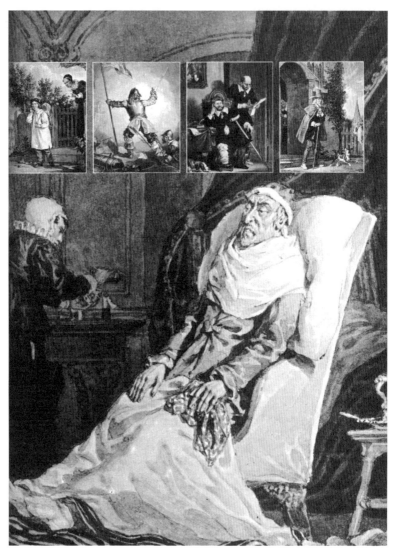

인생의 여러 단계 _ J. A. 애트킨슨 작

하는데, 콧잔등 위에는 안경을 걸치고, 허리에는 돈 주머니를 차며, 젊은 시절에 입었던 홀태바지는 말라빠진 허벅지에 너무나도 헐렁하고, 사내다운 굵직한 음성은 어린애 같이 가느다란 목소리로 되돌아가서 피리처럼 삑삑 소리만 내지요. 그리고 파란 많은 이 일대기의 끝 부분인 마지막 장면은 제 2의 어린 아이의 시절인데, 오직 망각만 있을 뿐, 이빨도 없고, 눈도 없고, 미각도 없고, 아무것도 전혀 없는 거지요.

🍀 *올랜도가 애덤을 팔에 안고 돌아온다.*

옛 공작	어서 와라. 그 노인을 내려놓고 음식을 먹게 해라.
올랜도	이 노인을 대신하여 진심으로 감사드립니다.
애 덤	당신은 그렇게 하셔야지요. 저 자신은 고맙다고 말할 기운조차 없거든요.
옛 공작	자, 어서 들어라. 너희는 괴로울 테니까 지금은 내가 너희 신상에 관해 묻지 않겠다. 자, 음악을 연주해라. 그리고 말이야. 이봐, 넌 노래를 한 곡조 불러라.
에이미엔즈	*(노래한다.)*

불어라, 불어라, 겨울바람아.

네가 아무리 무정하다 해도

배은망덕한 놈보다 더 할 리는 없다.

너의 숨결이 아무리 거칠다 해도

너는 사람들 눈에 보이지 않으니

너의 이빨은 그다지 날카롭지 않다.

헤이 호! 헤이 호! 노래 부르자.

푸른 감탕나무를 노래 부르자.
우정이란 거의 모두 허위일 뿐,
사랑이란 거의 모두 추태일 뿐.
그러니까, 헤이 호, 감탕나무여!
이 세상이야말로 낙원인 것이다.

얼어라, 얼어, 매서운 하늘아.
네가 아무리 독하게 물어뜯는다 해도
은혜를 잊은 놈들보다 더할 리는 없다.
네가 비록 물을 얼린다 해도
배은망덕한 친구보다
너의 침은 그다지 아프지도 않다.
헤이 호! 헤이 호! 노래 부르자.
푸른 감탕나무를 노래 부르자.
우정이란 거의 모두 허위일 뿐,
사랑이란 거의 모두 추태일 뿐.
그러니까, 헤이 호, 감탕나무여!
이 세상이야말로 낙원인 것이다.

옛 공작 네가 지금 진정으로 말한 바와 같이, 그리고 네 얼굴에 그분의 면모가 정말 내 눈에 선하게 생생히 비쳐 보이는 것과 같이, 과연 네가 선량한 로울런드 경의 아들이라면, 나는 너를 진심으로 환영한다. 나는 너의 아버지를 사랑했던 공작이야. 나머지 너의 신세에 관한 이야기는 나의 동굴에 가서 들어 보도록 하자. 그리고 착한 노인, 너의 주인과 마찬가지로 너도 잘 왔어. 자, 이 사람의 팔을

중세 음악가들

부축해 드려라. *(올랜도에게)* 자, 손을 이리 내밀어라. 너의 신세에 관해 하나도 빠짐없이 낱낱이 이야기를 들어 보자. *(모두 동굴로 들어간다.)*

프레드릭 공작 저택 안의 한 방.

🍀 프레드릭 공작, 귀족들, 올리버, 시종들이 등장한다.

프레드릭 공작 그 이후로 그놈을 보지 못했다고? 이봐, 이봐, 그럴 리는 없어. 내
천성이 관대하지만 않았다면 난 행방불명이 된 놈 대신에 너에게

복수해야 마땅할 게야. 그러나 정신을 차려서 네 동생을 찾아 봐라. 그놈이 어디 가 있는지 말이야. 촛불을 켜고 찾아 봐. 죽었든 살았든 열두 달 안으로 찾아와. 만약 찾아오지 못한다면 넌 이 영토 안에서 살 생각을 말아라. 네가 자기 소유라고 말하는 토지와 그 밖의 모든 재산은 몰수할 만한 가치가 있는 한 모조리 몰수할 테다. 너에 대한 나의 혐의가 네 동생의 입으로 풀리기 전에는 말이야.

올리버   아, 공작 전하께서 저의 마음속을 알아주시기를 빕니다! 저는 동생 놈을 사랑해 본 적이 절대로 없거든요.

프레드릭 공작   그러면 넌 더욱 더 악질이야. 이놈을 문 밖으로 몰아내라. 그리고 담당 관리를 시켜서 이놈의 집과 토지를 몰수하도록 조치를 취해라. 즉시 그렇게 하고, 이놈을 추방해라. *(모두 퇴장한다.)*

3막 2장

숲 변두리의 빈 터, 양 우리의 근처.

🌺 *올랜도가 종이를 한 장 들고 등장하여 그것을 나무줄기에 붙인다.*

올랜도   내 노래여, 거기 걸려서 내 사랑의 증거가 되라. 그리고 세 가지 관

을 쓰는 밤의 여왕인 달이여, 내 생명을 완전히 지배하는 당신의
여자 사냥꾼 로절린드의 이름을 천상의 파리한 궤도에서 순결한
눈으로 굽어보십시오. 오, 로절린드! 나는 이 나무들을 수첩으로
삼아 그 나무껍질들에 나의 생각을 새겨 놓을 작정이오. 이 숲 속
에서 바라보는 눈들이, 모두 당신의 미덕이 어디에나 명시되어 있
는 것을 알아보도록 말이오. 올랜도, 달려라, 달려. 아름답고 정숙
하고 말로는 표현 못할 그녀의 이름을 나무마다 모조리 새겨 놓아
라. *(퇴장한다.)*

시골의 양치기들

🐾 *코린과 터치스톤이 등장한다.*

코린 　　터치스톤, 이 양치기 생활이 마음에 드는가?

터치스톤 　양치기 생활 그 자체로는 참으로 좋은 거야. 하지만 양치기 생활
　　　　　이라는 면에서는 형편없어. 홀로 살아가는 생활이라는 면에서는
　　　　　내 마음에 썩 들지만, 외로운 생활이라는 면에서는 영 글렀어. 그
　　　　　리고 또 전원생활이라는 면에서는 재미나지만, 궁정 생활이 아니
　　　　　라는 면에서는 지루해. 검소한 생활이라는 면에서는 내 기질에 썩
　　　　　맞지만, 풍족하지 못한 생활이기 때문에 내 배에서는 쪼르륵 소리
　　　　　가 나는 거야. 이봐, 양치기, 넌 뭔가 철학이라도 가지고 있어?

코린 　　나야 뭐 아는 것도 없지. 다만 이 정도는 알고 있어. 사람이란 병
　　　　　이 심할수록 고통도 더욱 심해지고, 돈과 힘과 만족이 없는 사람
　　　　　은 세 가지의 좋은 친구가 없는 것이며, 비의 본질은 적시는 것이

고 불의 본질은 태우는 것이며, 좋은 목장에서는 양들이 살찌고, 밤이 되는 주요 원인은 해가 떠있지 않기 때문이며, 선천적으로나 교육을 통해서나 지혜를 갖추지 못한 사람은 좋은 교육을 받지 못한 걸 탓하거나 멍청한 종자에서 나왔다는 걸 말이야.

터치스톤 그런 놈은 선천적인 바보 철학자야. 이봐, 양치기, 궁정에서 지내본 적 있어?

코린 없어. 정말이야.

터치스톤 그렇다면 넌 지옥행이야.

코린 설마 그럴 리는 없어.

터치스톤 틀림없이 지옥행이야. 한쪽만 구워진 달걀처럼 얼간이밖에 아니니까.

코린 궁정에서 지내 본 적이 없기 때문인가? 이유를 대봐.

터치스톤 글쎄 궁정에서 지내 본 적이 없다면 넌 예절이란 걸 본 적이 없지. 예절을 본 적이 없다면 너의 처신은 분명히 나쁠 거야. 그런데 처신이 나쁘다는 건 죄악이지. 그리고 죄악은 곧 지옥행이다 이거야. 이봐, 양치기, 넌 지금 위험한 상태에 놓여 있어.

코린 천만에, 터치스톤. 궁정의 예의범절이란 시골에서는 우스꽝스러운 거야. 시골에서 취하는 행동이 궁정에서는 조롱거리가 되는 것처럼 말이야. 네가 나에게 해준 말에 따르자면 궁중에서는 인사할 때 그냥 인사하는 게 아니라 손에 키스를 한다는데, 만일 궁중 사람들이 양치기라면 그런 인사는 더러운 짓이 될 거야.

터치스톤 간단하게 예를 들어봐. 자, 예를 들어보라고.

코린 그야 우리 양치기들은 항상 양들을 다루고 있지. 그런데 너도 알다시피 양의 털가죽에는 기름기가 있거든.

터치스톤 아니, 궁중 사람들의 손에는 땀이 안 나나? 양의 기름이나 사람의

귀족 부부 _ 17세기 목판화

땀이나 깨끗하기로는 다 마찬가지잖아? 네 말은 근거가 희박해.
근거가 희박하단 말이야. 더 좋은 예를 들어봐. 자, 들어보라고.

코린   게다가 우리 양치기들의 손은 딱딱해.

터치스톤   그렇다면 입술은 그런 손에 닿는 촉감을 더 빨리 느낄 거야. 그것
             도 역시 근거가 희박해. 자, 근거가 좀 더 확실한 예를 들어봐.

코린   그리고 양치기들은 다친 양들을 치료해주기 때문에 손이 타르 투
             성이인 경우가 많지. 그런데 넌 우리더러 타르에 키스하라는 거
             야? 궁중 사람의 손은 사향을 만져서 향기가 난다지만 말이야.

터치스톤   참으로 천박한 사람이다! 좋은 고기 덩어리에 비교해서 말하자면
             넌 참으로 구더기 밥이야! 현자에게 배워서 생각을 잘 해봐. 사향
             은 원래 타르보다 더 천한 물건이야. 그건 바로 고양이의 더러운
             배설물이거든. 이봐, 양치기, 다른 예를 들어봐.

코린   너는 궁중에서나 통하는 기지가 하도 많아서 난 손을 들겠어.

터치스톤   넌 지옥행도 불사하겠다는 거야? 하느님, 이 천박한 자를 도와주

세요! 하느님, 이 사람에게 지혜를 접목해주세요! 넌 풋내기에 불
과해.

코린　　　이봐, 나야말로 진정한 노동자야. 난 일해서 먹고, 벌어서 입으며,
남의 미움을 사지도 않고, 남의 행복을 부러워하지도 않으며, 남
의 좋은 일은 기뻐하고, 나의 고통은 참는 사람이야. 그리고 나의
가장 큰 자랑이란 암양들이 풀을 뜯고 새끼 양들이 젖을 빠는 걸
지켜보는 일이지.

터치스톤　　그게 또 다른 너의 어리석은 죄야. 암양과 숫양을 한 군데에 몰아
넣어 교미시켜서 밥벌이를 하는 거 말이야. 넌 거세되고 목에 방
울을 단 양에게 뚜쟁이 노릇을 하지. 게다가 열두 달 짜리 어린 암
양을 속여서 도대체 말도 안 되는 숫양, 즉 암양에게 버림받고 머

리는 울퉁불퉁한 늙은 숫양과 교미시키지. 이런 짓을 하고도 네가 지옥행이 아니라면 악마는 양치기를 단 한 명도 차지하지 못할 게다. 그런 경우 이외에 난 네가 지옥행을 면할 수 있는 방법을 모르겠다 이거야!

코린   내가 새로 모시게 된 아가씨의 오빠인 젊은 개니미드가 저기 오는군.

    🌸 *로절린드가 그들이 있는 걸 몰라보고 다가와서 나무에 걸린 종이를 떼어 가지고 읽기 시작한다.*

로절린드   *(읽는다.)*
    '동인도에서 서인도에 이르기까지
    로절린드에 필적하는 보석은 없다.
    그녀의 가치는 바람을 타고 온 세상에
    로절린드의 이름을 전파하고 있다.
    아무리 잘 그려진 그림들이라 해도
    로절린드에 비하면 추하기만 하다.
    다른 여자들의 미모란 모두 잊어버린 채
    로절린드의 미모만 가슴에 새겨두자.'

터치스톤   *(지팡이로 로절린드의 팔을 가만히 치면서)* 그런 식의 노래라면 내가 당신에게 팔 년 동안이라도 계속해서 지어주겠어. 물론 점심과 저녁 식사 때, 그리고 잠자는 시간은 제외하고 말이야. 지금 그 노래는 버터 장사 여자들이 시장으로 가는 행렬처럼 단조로운 거야.

로절린드   저리 꺼져, 이 바보야!

터치스톤	*(노래하듯이)* 예를 하나 들어준다면 이런 노래가 되지.

'암사슴을 그리워하는 수사슴이라면

로절린드를 찾아 돌아다녀라.

고양이가 짝을 찾아 연애한다면

로절린드도 분명히 그럴 것이다.

겨울옷에 안감을 넣어야만 한다면

호리호리한 로절린드도 역시 마찬가지다.

추수할 때 밀짚은 베어서 단으로 묶어야만 한다.

그리고는 로절린드와 함께 마차에 간다.

가장 단 열매는 껍질이 가장 쓴 법인데

로절린드는 바로 그러한 열매다.

가장 향기로운 장미를 찾으려는 남자는

사랑의 가시와 로절린드를 만나고야 만다.'

이건 그야말로 좌충우돌하는 엉터리 노래야. 그런데 당신은 왜 이런 거에 물이 들었지?

로절린드	쉿, 이 미련한 바보 같으니! 그건 내가 나무에서 발견한 거야.
터치스톤	그건 참으로 나쁜 열매가 열리는 나무로군.
로절린드	난 그 나무를 너에게 접붙여 가지고, 다시 모과나무에 접붙일 테야. 그렇게 하면 이 땅에서 가장 일찍 열매를 맺을 테지. 넌 절반도 채 익기 전에 썩어 버릴 테고, 그게 바로 모과의 본성이니까.
터치스톤	당신은 드디어 말해 버렸어. 하지만 그 말이 잘한 건지 아닌지는 이 숲이 판단하도록 하자고.

🍀 *실리어가 다가오며 역시 종이쪽지를 읽고 있다.*

터치스톤 : 이건 매우 빨리 갈겨 쓴 엉터리 시다.

로절린드   쉿! 내 동생이 뭔가 읽으면서 오고 있어. 우린 좀 비켜서 있자. *(두 사람이 나무 뒤에 숨는다.)*

실리어   *(읽는다.)*

　　'여기는 왜 이렇게 적막해야만 하는가?

　　사람이 살지 않기 때문인가? 아니다.

　　나는 나무마다 모두 혀를 걸어주어

　　나무들이 세련된 말을 하도록 해야겠다.

　　어떤 것들은 사람의 일생이 얼마나 짧은지

　　방랑의 순례를 마치고 나면

　　한 뼘밖에 안 되는 수명이

　　노년기에 집약된다고 말할 테고,

　　어떤 것들은 친구와 친구의 영혼들 사이의

　　깨어진 맹세를 말할 테지.

그러나 가장 아름다운 나뭇가지들에
또는 모든 글의 끝부분에 나는
로절린드의 이름을 적어 놓을 테다.
그래서 읽는 사람마다 누구나 하늘이
소우주인 그녀의 몸에서 보여주는
모든 정령의 정수를 알도록 할 테다.
그러므로 하늘은 창조의 자연에게 명하여
세상의 모든 아름다움을 모아다가
그녀의 한 몸을 가득 채우게 했다.
그래서 대자연은 즉시 정수를 빼냈는데
헬렌 Helen의 마음이 아니라 그녀의 미모를,
클레오파트라 Cleopatra의 위풍을,
애터랜터 Atlanta의 장점을,
슬픈 류크리셔 Lucretia의 정조를 모은 것이다.
이렇게 많은 미덕을 구비한 로절린드는
신들의 모임에서 고안해낸 바에 따라
얼굴도 눈도 마음씨도
더없이 탁월하게 만들어진 것이다.
하늘은 그녀에게 이 모든 장점들을 선물했으니
나는 그녀의 노예로 살다 죽어야만 할 것이다.'

로절린드   오, 더없이 친절한 설교가여! 사랑의 지루한 설교로 그토록 지루하게 신도들을 괴롭히고 있으면서도 "여러분, 좀 참아 주시오!" 라는 말조차 하지 않다니!

실리어   (깜짝 놀라서 돌아다보며 종이쪽지를 떨어뜨린다.) 어머나! 이렇게 모두 뒤에 숨어 있다니! 이봐, 양치기, 당신은 좀 저리 가 있어요. 그리고 바보 너도 저리 가 있어.

터치스톤   이봐, 양치기, 우린 정정당당하게 퇴각하자. 보따리를 꾸려 가지
고 가는 게 아니라 주머니에 뭔가 좀 쑤셔 넣어가지고 가자 이거
야. (*터치스톤이 종이쪽지를 주워들고 코린과 함께 퇴장한다.*)

실리어   저 노래들을 들었나요?

로절린드   아, 그럼. 난 모조리 들었어. 오히려 너무 많이 들었어. 그중에 어
떤 것들은 격조가 너무 높아서 의미가 미처 따라가지 못할 정도
거든.

실리어   그렇지는 않아요. 격조가 오히려 의미를 살리고 있어요.

로절린드   하지만 격조가 절름발이라서 의미를 전달하지 못하고, 따라서 그
노래 안에서 절룩거리고 있어.

실리어   하지만, 언니 이름이 이 근처의 나무들에 걸려 있고 새겨져 있는
걸 보고도 언니는 놀라지 않았다는 건가요?

로절린드   난 네가 오기 오래 전부터 놀랐어. 글쎄 이걸 좀 봐. 여기 이 종려
나무에도 걸려 있어. 윤회설을 주장한 피타고라스 Pythagoras의
시대 이후로 내가 이렇게 노래로 불린 건 처음이야. 그 당시 난 아
일랜드 Ireland의 쥐였는지도 모르겠지만 지금은 전혀 기억에 없
어.

실리어   누가 이런 짓을 했는지 언니는 아나요?

로절린드   남자일까?

실리어   그리고 예전에 언니가 목에 걸었던 그 목걸이를 지금은 그분이 목
에 걸고 있다고요! 언니는 왜 안색이 변하지요?

로절린드   애, 그게 누구냐?

실리어   오, 하느님, 하느님! 친구와 친구가 만나는 건 어려운 일이지만 산
과 산은 지진으로 이동하여 만날 수도 있어요.

로절린드	아니, 하지만 그게 정말 누구냐?
실리어	언니가 모를 리가 있어요?
로절린드	모르겠어. 간절히 부탁하니까 그가 누군지 제발 좀 말해 봐.
실리어	아, 이상하고 또 이상해라! 어쩌면 이렇게도 이상할까! 아, 이상해라! 난 하도 놀라서 놀랐다는 말조차 할 수가 없다고요!
로절린드	어머나, 내가 이렇게 얼굴을 붉히다니! 내가 남자 복장을 했다고 해서, 넌 내가 그래 마음까지도 조끼와 바지로 변해있는 줄 아냐? 한 순간의 지연도 나에게는 황금의 땅을 찾아가는 남양 항해보다 더 지루한 거야. 그가 누군지 제발 빨리 말해 봐. 빨리 말해보라고. 숨겨진 그 사람의 이름이 더듬더듬 네 입에서 쏟아져 나와 주었으면 좋겠어. 좁은 병목에서 술이 한꺼번에 쏟아져 나오거나 꽉 막혀 버리거나 하듯이 말이야. 자, 네 입에서 병마개를 빼봐. 그래야 그 소식을 내가 마실 수 있을 테니까.
실리어	그렇게 해서 언니는 그 사람을 자기 뱃속에 넣어 버릴 작정이군요.
로절린드	그는 하느님께서 만드신 사람이지? 도대체 어떤 사람이야? 그의 머리에는 모자가 어울릴 만하냐? 턱에는 수염이 어울릴 만하냐?
실리어	아니에요. 턱에는 수염이 조금 나 있을 뿐이에요.
로절린드	하지만 그분이 감사하는 마음만 지녔다면, 수염은 하느님께서 더 많이 내려 주실 게야. 난 그분의 수염이 자랄 때까지 기다리겠어. 네가 그분의 턱에 관한 이야기를 지연시키지만 않는다면 말이야.
실리어	그 사람은 젊은 올랜도예요. 지난번에 씨름선수의 발뒤꿈치와 언니의 심장을 한꺼번에 걷어찬 분 말이에요.
로절린드	거짓말하지 마. 사람을 조롱하면 벌 받아. 정색을 하고 진실한 처녀답게 말해 봐.
실리어	정말이야 언니. 그분이라고요.

로절린드	올랜도라고?
실리어	그래요. 올랜도.
로절린드	어머나! 이 조끼와 바지의 남장을 난 어떡하면 좋지? 네가 그분을 만났을 때 그분은 뭘 하구 있었지? 그분이 뭐라고 말했어? 표정은 어땠니? 무슨 옷을 입고 있었지? 이곳에는 무슨 일로 왔지? 내 소식을 물었니? 그분은 어디 머물고 있어? 너하고는 어떻게 헤어졌지? 넌 그분을 언제 또 만날 거냐? 한 마디로 대답해 봐.
실리어	그렇게 하려면 언니는 먼저 거인 가갠튜어 Gargantua의 큰 입을 빌려다가 나에게 주어야만 해요. 지금 이 세상에 있는 평범한 크기의 입으로는 도저히 그 말을 꺼낼 수가 없으니까요. 언니의 질문들에 대해 일일이 긍정하거나 부정하기란 교리 문답에 대답하기보다 더 어려워요.
로절린드	하지만 내가 이 숲 속에서 남자 복장을 하고 있는 걸 그분은 알고 있을까? 그분은 씨름하던 그 당시처럼 여전히 발랄하냐?
실리어	연애하는 사람의 질문들에 대답하기보다는 먼지의 수를 세기가 더 쉬워요. 하지만 내가 그분을 발견한 걸 고맙게 여기고 잘 음미해 보세요. 내가 나무 밑에서 그분을 발견했을 때 그분은 땅에 떨어진 도토리와 같았어요.
로절린드	그런 열매가 떨어지는 나무라면, 조우브 Jove 신의 나무라고 불려야 될 거야.
실리어	언니, 내 말을 좀 들어 봐요.
로절린드	말해 봐.
실리어	그분은 부상당한 기사처럼 그곳에 쭉 뻗어 드러누워 있었지요.
로절린드	보기에 딱한 광경이라 해도 그런 광경은 배경을 돋보이게 해줄 거야.

실리어	언니의 혀를 제발 좀 야단치라고요. 터무니없이 너무 날뛰고 있으니까. 그분은 사냥꾼의 복장을 하고 있었어요.
로절린드	아, 불길하구나! 그분은 내 심장을 죽이러 온 거야.
실리어	그렇게 반주 넣지 말아요. 난 노래 부르기 싫어지니까. 언니는 내 장단을 망치고 있어요.
로절린드	난 여자이잖니? 그러니까 생각을 하면 그대로 말하지 않을 수 없지. 애, 어서 계속해 봐.

🌼 *올랜도와 제익퀴즈가 나무 사이로 오고 있다.*

실리어	언니도 참! 내 장단을 망치고 있어요. 쉿! 그분이 이리 오잖아요?
로절린드	그분이야. 저리 비켜서서 지켜보자.

🍀 *실리어와 로절린드는 나무 뒤에 숨어서 이야기를 엿듣는다.*

제익퀴즈	이렇게 나와 함께 있어 주니 고맙군요. 하지만 사실 나는 혼자 있고 싶었지요.
올랜도	나 역시 그랬지요. 하지만 예의상 말해둔다면, 나도 당신이 나와 함께 있어 준 걸 고맙게 여기지요.
제익퀴즈	안녕히 계세요. 앞으로 우린 되도록 만나지 맙시다.
올랜도	우린 서로 낯선 사람처럼 지내는 게 더 나을 거요.
제익퀴즈	그런데 제발 나무껍질에 연가를 새겨서 나무들을 더 이상 손상시키지는 마세요.
올랜도	당신도 제발 엉터리로 읽어서 내 노래들을 더 이상 손상시키지는 마세요.
제익퀴즈	로절린드는 당신 애인의 이름인가요?
올랜도	예, 그래요.
제익퀴즈	그 여자의 이름은 내 마음에 들지 않는군요.
올랜도	그녀가 세례명을 받을 때 당신 마음에 들도록 할 생각은 전혀 없었거든요.
제익퀴즈	그녀의 키는 얼마나 되나요?
올랜도	꼭 내 가슴까지 닿는 키지요.
제익퀴즈	당신은 근사한 대답만 하는군요. 그건 금은세공업자들의 부인들과 사귀어 반지에 새겨진 문구들을 외운 덕분이 아닌가요?
올랜도	천만에요. 나는 다만 벽걸이에 적혀있는 문구대로 대답하고 있을 뿐이지요. 당신 질문들도 거기서 배운 거니까.
제익퀴즈	당신은 머리가 어지간히 빨리도 돌아가는군요. 발이 빠른 애터랜터 Atlanta의 뒤축으로 되어있는 것 같군요. 자, 우리는 둘이 같이

앉아서 우리 여주인이라고 할 이 세상과 우리의 모든 불행에 대해 욕이나 해줍시다.

올랜도   이 세상에서 나는 나 이외에 그 누구도 책망하고 싶지 않아요. 나 자신이야말로 가장 많이 비난을 받을 사람이거든요.

제익퀴즈   당신의 가장 큰 잘못은 연애를 하고 있다는 거요.

올랜도   난 그 잘못을 당신의 가장 훌륭한 미덕하고도 바꾸지 않을 테요. 당신은 지루한 사람이오.

제익퀴즈   사실 나는 당신을 만났을 때 어떤 바보를 찾고 있던 중이었지요.

올랜도   그 바보는 개울에 빠져 있어요. 들여다보면 당신 눈에 보일 거요.

제익퀴즈   그야 나 자신의 모습이 들여다보일 테지요.

올랜도   그건 바보가 아니면 영(零)일 거요.

죽음과 대화하는 사람

제익퀴즈	난 이만 당신과 헤어져야겠어요. 안녕히 계세요, 연애하는 양반. *(인사를 한다.)*
올랜도	떠나 주신다니 고맙군요. *(인사를 한다.)* 잘 가요, 우울한 양반. *(제익퀴즈가 퇴장한다.)*
로절린드	*(실리어에게)* 난 건방진 시동처럼 저분에게 말을 걸고, 그렇게 위장한 채 장난을 좀 쳐볼 테야. *(큰 소리로)* 이봐요, 사냥꾼, 제 말이 들리나요?
올랜도	아주 잘 들리지. 그런데 무슨 일인가?
로절린드	저, 지금 몇 시지요?
올랜도	차라리 오늘이 며칠인지 물어보시지. 이 숲 속에는 시계가 없으니까.
로절린드	그렇다면 이 숲 속에는 진짜 연인은 없겠군요. 있다면, 일 분마다 내쉬는 한숨과 한 시간마다 토하는 신음이 시간의 느린 걸음을 시계와 마찬가지로 알아낼 테니까요.
올랜도	시간의 빠른 걸음이라고 하면 왜 안 되지? 그런 표현이 더 알맞지 않겠어?
로절린드	절대로 그렇지 않아요. 시간의 걸음걸이는 사람에 따라서 저마다 다 달라요. 시간이 어떤 사람하고 느릿느릿 걷는지, 어떤 사람하고 빠르게 걷는지, 어떤 사람하고 빠르게 달리는지, 어떤 사람하고 가만히 서 있는지 얘기해 드릴까요?
올랜도	시간은 어떤 사람하고 빨리 걷는가?
로절린드	글쎄, 약혼한 젊은 처녀하고는 빨리 걸어가지요. 그녀의 약혼 날짜와 결혼식 날짜 사이에는 그렇다고요. 그 기간이 칠 일밖에 안 되는 경우도 시간의 속도가 어찌나 느리던지 칠 년이나 되는 것처럼 길게 여겨지는 법이지요.

올랜도	시간은 어떤 사람하고 천천히 느릿느릿 걷는가?
로절린드	라틴어를 모르는 신부, 그리고 통풍을 잃지 않은 부자하고는 천천히 걸어가지요. 그런 신부는 라틴어를 공부할 수 없으니까 잠을 잘 자고, 그런 부자는 고통이 없으니까 즐겁게 살거든요. 그런 신부는 제 살을 깎아 가며 쓸데없는 공부를 할 필요가 없고, 그런 부자는 비참하고 지루한 가난의 고생을 모르거든요. 시간은 이런 사람들하고는 느릿느릿 걷는 법이에요.
올랜도	시간은 어떤 사람하고 마구 질주하는가?
로절린드	교수대에 끌려가는 강도하고는 마구 질주하지요. 강도는 제 아무리 최대한으로 천천히 발걸음을 뗀다 해도 너무 빨리 교수대에 도착한다고 여기거든요.
올랜도	시간은 어떤 사람하고 제자리에 멈추어 서 있는가?
로절린드	법정이 열리지 않고 있는 기간의 변호사들하고는 제자리에 멈추어 있지요. 법정이 닫히고 다시 열릴 때까지 그들은 잠을 자고 있고, 그래서 시간이 어떻게 움직일지 모르거든요.
올랜도	귀여운 젊은이, 사는 곳이 어디지?
로절린드	제 누이동생인 저 양치기 처녀와 함께 이 숲의 변두리, 즉 속치마의 가장자리 같은 곳에 살고 있어요.
올랜도	이곳에서 태어났나?
로절린드	당신도 알다시피 토끼는 자기가 태어난 곳에서 살지요. 저도 마찬가지예요.
올랜도	네 말씨는 이렇게 외진 곳에서 습득할 수 있는 것보다 훨씬 더 세련되었구나.
로절린드	사람들이 저에게 흔히 그런 말을 하지요. 하지만 사실 저는 신앙심이 돈독한 우리 삼촌에게서 말을 배웠거든요. 그분은 젊은 시절

에 성 안에서 살았어요. 그래서 궁중 생활의 격식도 매우 잘 알아요. 그곳에서 연애도 해보았거든요. 저는 그분이 연애를 비난하는 말을 여러 번 들었어요. 그리고 그분은 여자들을 모조리 싸잡아서 비난하는가 하면 정신이 아찔해질 정도로 여자들에게 죄의 탓을 돌렸는데, 저는 여자가 아닌 데 대해 하느님께 감사하고 있어요.

올랜도   그럼, 그분이 여자의 죄악이라고 비난한 것들 중에 중요한 걸 좀 기억하고 있나?

로절린드   중요한 거라고는 하나도 없고 반 푼짜리 동전들처럼 모조리 똑같았어요. 한 가지 결점이 망측하게 보이지만 그 다음에 오는 결점이 그에 못지않게 망측했거든요.

올랜도   그 중 몇 가지를 좀 얘기해 줄 수 없겠나?

로절린드   싫어요. 괜히 환자도 아닌 사람한테까지 나의 치료법을 알려주긴 싫어요. 글쎄 어떤 남자가 이 숲속을 돌아다니면서 나무껍질에다 '로절린드' 라는 이름을 새겨 놓는 바람에 어린 나무들을 망쳐놓는가 하면, 산사나무에는 시를 걸어놓고 가시덤불에는 비가를 걸어 놓고 하는데, 정말 모조리 로절린드의 이름을 찬미하는 노래들이지요. 그 연애쟁이를 만나면 난 좋은 처방을 해줄 생각이에요. 그 남자는 연애의 열병에 걸려 있는 모양이니까요.

올랜도   내가 그 사랑의 열병에 걸려 있는 바로 그 사람이야. 치료법을 제발 좀 가르쳐 줘.

로절린드   우리 아저씨가 말씀하신 증세를 당신한테서는 전혀 찾아볼 수가 없어요. 연애하는 남자를 알아보는 방법을 아저씨가 가르쳐 주셨거든요. 그런데 당신은 확실히 사랑의 동심초 우리에 포로가 된 사람 같지가 않은 걸요.

올랜도   그 증세라는 건 뭔데?

로절린드 : 너는 외삼촌을 닮은 데가 전혀 없다.

로절린드   볼이 여윈다는데 당신은 그렇지 않아요. 눈가는 시퍼래 지고 눈
은 움푹 들어간다는데 당신은 안 그래요. 남과 말하기도 싫어한다
는데 당신은 안 그래요. 수염을 깎지 않는다는데 당신은 안 그래
요. 하지만 그 점은 용서해 드리겠어요. 당신 수염의 분량은 오직
막내의 몫밖에 되지 않아서 그런 거니까요. 그 다음, 당신의 긴 양
말은 대님으로 동여매 있지 않고, 모자 끈은 풀어져 있으며, 소매
는 단추가 채워져 있지 않고, 구두끈은 풀어져 있으며, 신변의 모
든 것이 뒤죽박죽이고, 그래야만 되는 거예요. 그런데 당신은 그
런 남자가 아니잖아요. 아니, 오히려 말쑥한 옷차림을 하고 있으
니 남을 사랑하고 있는 사람 같다기보다는 자기 자신을 사랑하는
사람처럼 보이는 걸요.

올랜도	이봐, 내가 연애하고 있다는 걸 네가 믿어 줬으면 좋겠어.
로절린드	내가 그걸 믿다니요! 차라리 당신이 사랑하는 그 여자에게 믿으라고 하는 게 더 빠를 거예요. 그 점에 대해서는 내가 보증하지만, 그 여자는 입으로는 말을 안 해도 사실은 쉽게 믿어 줄 거예요. 이런 점이 여자들이 줄곧 자기 양심을 속이고 있는 일들 가운데 하나거든요. 하지만 정말로 당신이 그렇게도 로절린드를 찬미하는 노래를 나무들에 걸어 놓은 그분이신가요?
올랜도	이봐, 젊은이, 로절린드의 하얀 손에 걸고 맹세하지만, 내가 바로 그 사람, 불행한 바로 그 사람이야.
로절린드	하지만 당신은 노래의 내용처럼 그토록 깊이 사랑을 하시나요?
올랜도	노래나 이론으로는 사랑의 깊이를 표현할 수 없어.
로절린드	사랑이란 미친 증세에 불과해요. 그러니까 사랑하는 사람들은 미치광이들과 마찬가지로 캄캄한 방에 가두어 놓고 채찍으로 때려 주어야 마땅해요. 그런데 연인들을 왜 그렇게 벌을 줘서 치료하지 않는가 하면, 이 미친병이 너무 흔해서 채찍질하는 사람들도 역시 사랑에 빠져 있기 때문이지요. 하지만 난 충고를 해서 치료할 수 있어요.
올랜도	그렇게 해서 치료해 본 경험이 있어?
로절린드	그래요. 한 사람 있어요. 이런 방식으로 말예요. 그 남자에게 나를 자기의 애인, 연인으로 상상하면서 날마다 나에게 구애하도록 했지요. 그런데 난 변덕쟁이라서 그때그때 경우에 따라 슬퍼하기도 하고, 나약해지기도 하고, 변덕스럽게 굴기도 하고, 그리워하며 좋아하기도 하고, 교만해지기도 하며, 별나게 군다, 장난을 친다, 천박해진다, 불실해진다, 눈물을 쏟는다, 그리고 벙실벙실 웃는 등 온갖 감정을 조금씩, 그러나 어떠한 감정도 진짜가 아닌 그런

짓을 했어요. 그건 소년들이나 여자들이나 대개 그런 종류의 동물인 것과 마찬가지지요. 그래서 난 그 사람을 좋아하는가 하면 금방 싫어하고, 환대하다가도 금세 모르는 체하고, 그 사람 때문에 울다가도 그 사람에게 금방 침을 뱉었지요. 이렇게 해서 난 나에게 구애하는 그 사람을 사랑의 미치광이 같은 기분으로부터 진짜 미치광이의 상태로 몰아넣었어요. 그래서 그 사람은 번잡한 속세의 모든 것을 버리고 완전히 수도원과 같은 구석에 가서 살게 됐지요. 결국 그런 방식으로 치료를 해주었다고요. 그러니까 난 똑같은 처방으로 당신의 간도 건강한 양의 심장처럼 말끔히 씻어서 거기 사랑의 티가 한 점도 남아 있지 않게 해주겠어요.

올랜도 이봐, 난 치료 받고 싶지 않아.

로절린드 나를 로절린드라고 부르시고 날마다 내 양 우리로 와서 구애하세요. 그러면 치료해 드릴게요.

올랜도 그러면 내 사랑의 진정에 걸고 맹세하고, 그렇게 하겠어. 어디로 찾아가면 되지?

로절린드 나하고 같이 가요. 안내해 드릴 테니까. 그런데 당신은 이 숲속 어디에 살고 있지요? 그럼 가볼까요?

올랜도 친절한 청년, 난 기꺼이 가겠어.

로절린드 아녜요. 나를 로절린드라고 부르세요. *(실리어에게)* 얘, 가자. *(세 사람이 퇴장한다.)*

🌸 *며칠이 지난다.*

양 우리 근처의 빈터.

🍀 터치스톤과 오드리가 들어온다. 뒤에 좀 떨어져서 제익퀴즈가
따라 들어온다.

터치스톤 : 오드리 어때? 나는 아직 그 사람이 아닌가?
_ H. M. 브로크 작

터치스톤 이봐, 오드리, 빨리 와. 염소는 내가 붙들어다 줄게, 오드리. 이봐,
오드리. 역시 내가 호남자지? 조촐한 내 용모가 네 마음에 들지?

오드리 당신의 용모라니! 어머나! 어떤 용모 말이에요?

터치스톤	내가 여기 너와 네 염소들과 같이 있는 건, 저 가장 염소 같은 변덕쟁이 시인이자 정직한 오비드 Ovid가 염소 같은 야만족 고트족 Goths과 같이 있는 격이지.
제익퀴즈	*(방백)* 당치도 않는 소릴 하는 자식 좀 봐! 조우브 신이 초가집에 내려와서 사는 것보다 더 형편없는 소리를 하는 걸 좀 보라고!
터치스톤	내 노래가 이해되지 못하거나 내 좋은 기지가 영리한 아이의 이해력으로 뒷받침되지 않는 경우, 그건 작은 여관방에서 큰 호텔의 방값을 치르는 것보다 타격이 더 큰 거야. 정말이지, 신들이 널 시적인 인간으로 만들어 주었더라면 좋았을 게다.
오드리	'시적' 이란 건 뭔가요? 행동이나 말이 정직한 것인가요? 겉보기만이 아닌 진짜 말인가요?
터치스톤	아니야. 그렇지 않아. 시도 진짜는 가장 심한 거짓이니까 말이야. 연인은 시에 빠지고 시에 걸고 맹세하지만, 그건 연인들이 거짓 맹세를 하는 것이 돼.
오드리	그래서 당신은 하느님께서 나를 시적인 인간으로 만들어 주었더라면 좋겠다는 거예요?
터치스톤	그래. 정말 그래. 넌 자기가 품행이 단정하다고 나에게 맹세하거든. 하지만 네가 시인이라면 나는 네 말이 거짓이라는 희망도 품어 볼 수 있을 게 아니냐 이거야.
오드리	나는 품행이 단정하면 안 되는가요?
터치스톤	네 얼굴이 못 생기지 않은 한 그건 안 되고말고. 잘 생긴 얼굴에다 품행까지 단정한 건 설탕에다 꿀을 가미하는 셈이니까.
제익퀴즈	*(방백)* 제법 똑똑한 바보다!
오드리	어쨌든 난 예쁘지 않아요. 그러니까 난 하느님 덕분에 정숙한 여자가 되기를 바라지요.

터치스톤	사실은 말이야. 못생긴 추녀에게 정숙함을 부여하는 건 더러운 접시에 좋은 고기를 담는 것과 같아.
오드리	난 하느님 덕분에 못생겼다 해도 추녀는 아니라고요.
터치스톤	그러면 네가 못생긴 데 대해 신들을 찬미해라! 앞으로 차차 추녀가 될 수도 있을 테지. 그건 그렇고, 난 너하고 결혼할 거야. 그러기 위해서 난 이웃 마을의 올리버 마텍스트 Oliver Martext 목사에게 부탁해 놓았는데, 그는 숲 속 이곳으로 나를 찾아와서 우리를 결혼시켜 주기로 약속했어.
제익퀴즈	(방백) 난 그 회합을 기꺼이 구경할 테다.
오드리	오, 하느님, 우리에게 기쁨을 내려주세요!
터치스톤	아멘. 겁이 많은 사내라면 대개는 망설이고 이런 일은 하지도 않

오드리와 터치스톤 _ S. 스퍼리어 작

을 거야. 여긴 교회도 없고 나무만 있을 뿐이며, 뿔이 난 짐승들 이 외에는 모임도 없으니까 말이야. 하지만 그게 다 뭐냐? 용기를 내라! 뿔이란 징그럽긴 하지만 필요한 물건이거든. 수많은 사람들이 헤아릴 수 없을 만큼 많은 재산을 가진 부자가 되고 싶어 한다는 속담도 있지. 그건 옳아. 사실 좋은 뿔을 헤아릴 수 없을 만큼 많이 가지고 있는 사내들도 많고말고. 그런데 그건 자기 아내의 지참금이지 자기 자신의 물건은 아니거든. 아내가 바람나서 돋친 사내의 뿔들 말인가? 참 그렇군. 그건 가난뱅이들의 독점물인가? 아니야. 아니라고. 아무리 고상한 사슴이라 해도 초라한 사슴과 마찬가지로 거대한 뿔을 돋치고 있어. 그러니까 홀아비가 가장 행복하단 말인가? 아니지. 성벽에 둘러싸인 도시가 마을보다 더 가치가 있는 것처럼 결혼한 사내의 뿔난 이마가 총각의 밋밋한 이마보다 더 훌륭하지. 그리고 맨손보다는 방어수단이 있는 편이 더 나은 것처럼 뿔도 없는 것보다는 있는 게 훨씬 더 좋고말고. *(올리버 마텍스트 목사가 다가온다.)* 아, 올리버 목사님이 오시는군. 올리버 마텍스트 목사님, 잘 오셨습니다. 그럼 이 나무 밑에서 우리의 결혼식을 마쳐 주시겠어요? 아니면 우리가 목사님의 교회에 동행해 드릴까요?

올리버 목사　이 부인을 내어주는 사람은 아무도 없는가?

터치스톤　난 이 여자를 아무한테서도 얻기는 싫습니다.

올리버 목사　사실은 누군가 이 여자를 내어줄 사람이 있어야만 해요. 없다면, 결혼은 합법적이 아니거든.

제익퀴즈　*(앞으로 나와서 모자를 벗고)* 진행하세요. 어서 진행하세요. 내가 이 여자를 내어줄 사람이 되어 드리지요.

터치스톤　안녕하세요? 당신이 누군지는 모르겠지만 말이오. 하여간 참 잘 만났습니다. 하느님 덕분에 요전에도 만났고요. 이렇게 또 만나서 난 참으로 기쁩니다. 뭐, 하찮은 장난 짓인데요. 자, 모자는 쓰세요.

제익퀴즈　결혼할 참인가요, 바보 양반?

터치스톤　소는 멍에를, 말은 재갈을, 그리고 매는 방울을 제각기 가지고 있듯이 사람은 욕정을 가지고 있지요. 비둘기도 입을 맞추잖아요? 부부도 역시 그렇지요.

제익퀴즈　그래 당신처럼 교양 있는 사람이 거지와 마찬가지로 덤불 밑에서 결혼을 할 작정인가요? 교회에 가서 훌륭한 목사님께 부탁하여 결혼이 뭔지 설교를 좀 들어 보도록 하시오. 이 목사는 널빤지를 붙이듯이 당신들을 붙여 놓을 뿐일 거요. 두 사람 가운데 한쪽은 널빤지같이 오그라들고, 생나무같이 영 휘어 버리고 말걸.

터치스톤	(방백) 그래도 난 다른 분보다는 이 목사에게 결혼시켜 달라는 게 좋을 것 같아. 이분이 정식 결혼은 시켜 주지 않을 테니까 말이야. 그리고 정식 결혼이 아니면 내가 나중에 아내를 버릴 좋은 구실이 될 테니까.
제익퀴즈	당신은 나하고 같이 갑시다. 충고해줄 얘기가 있으니까.
터치스톤	자, 예쁜 오드리, 우린 결혼해야만 해. 그렇지 않으면 야합 생활을 할 수밖에 없어. 그럼 안녕히 가세요. 또 뵙겠어요, 올리버 목사님. 그게 아니다. (노래하며 춤을 춘다.)

아, 정다운 올리버,

아, 훌륭한 올리버,

나를 버리고 가지 마세요.

하지만 말이다.

가버려라.

꺼져 없어지란 말이다.

난 너에게 결혼을 부탁하지 않을 테다. (춤을 추면서 퇴장한다. 제익퀴즈와 오드리도 따라 퇴장한다.)

올리버 목사	쳇, 상관없어. 저런 미친 것들이 모조리 대들어 조롱한다 해도 내 성직이 조롱당할까 보냐. (퇴장한다.)

숲 속.

🌸 로절린드와 실리어가 오두막집 앞길을 오고 있다. 로절린드가
　 오다가 둑에 주저앉는다.

로절린드　이젠 아무 얘기도 하지 마. 난 울고만 싶으니까.

실리어　　울어요, 제발. 하지만 눈물이 남자에게 어울리지 않는다는 건 생
　　　　　각해 보세요.

로절린드　하지만 울 만한 원인이 나에게 없단 말이니?

실리어　　울 만한 원인이야 넉넉히 있고말고요. 그러니까 울라고요.

로절린드　그이 머리카락 색깔부터 거짓이란 말이야.

실리어　　그의 머리카락은 예수를 팔아먹은 유다의 머리카락보다 더 붉어
　　　　　요. 그리고 그의 키스는 유다의 거짓 키스의 후예들이고요.

로절린드　그이 머리카락 색깔은 좋은 색깔이야. 참말이야.

실리어　　좋은 색깔이고말고요. 글쎄, 밤색보다 더 좋은 색깔은 없으니까요.

로절린드　그리고 그이 키스는 영성체할 때 성체의 촉감처럼 더할 나위 없이
　　　　　신성해.

실리어　　그 사람은 다이애나 Diana가 내버린 입술들을 산 모양이군요. 차
　　　　　디찬 수녀원의 수녀도 그보다 더 정숙하게 키스하지는 않아요. 그
　　　　　의 키스에는 얼음 같은 정숙함이 깃들어 있어요.

로절린드　하지만 그이는 오늘 아침에 오겠다고 맹세해 놓고는 왜 오지 않을
　　　　　까?

실리어	그거 봐요. 성실하지 않은 분이지 뭐예요.
로절린드	넌 그렇게 생각하니?
실리어	그럼요. 설마 소매치기나 말 도둑 따위는 아니겠지만, 사랑의 진실성에 있어서는 뚜껑이 덮인 빈 잔이나 벌레 먹은 호두처럼 속은 비어 있나 봐요.
로절린드	사랑에 부실하단 말이냐?
실리어	사랑을 하고 있을 때 그 사람은 그래요. 하지만 내 생각에 그는 사랑을 하고 있지 않아요.
로절린드	그이가 사랑을 하고 있다고 굳게 맹세하는 걸 너도 들었어.
실리어	듣긴 들었지만, 지금 들은 건 아니잖아요. 더구나 애인의 맹세란 술집 종업원의 말과 같아요. 그들은 어차피 틀린 계산서를 가지고 억지를 쓰거든요. 그 사람은 이 숲속에서 언니의 아버지이신 공작의 시중을 들고 있어요.
로절린드	나도 어제 공작을 만나 여러 가지 문답을 해봤어. 공작께서는 나의 가문에 대해 물으셨지. 나도 공작에 못지않은 가문 출신이라고 대답했더니 공작께서는 웃으시며 나에게 잘 가라고 하셨어. 하지만 올랜도 같은 남자가 있는 이런 때에 가문 얘기는 해서 뭘 해?
실리어	아, 그는 근사한 남자지요! 근사하게 노래도 짓고, 입심도 근사하고, 근사한 맹세를 해놓고는 근사하게 깨뜨리지요. 애인의 가슴을 스쳐서 완전히 빗나가고 말이에요. 말의 한쪽 배에만 박차를 가하고, 점잖은 기러기처럼 창을 부러뜨리는 마상 시합의 미숙한 기사나 마찬가지라고요. 하지만 젊은이가 걸터타고 바보가 안내하는 건 모두 근사하지 뭐야. 어머, 누가 이리 오지?

🍀 *코린이 다가와서 인사를 한다.*

코린	아가씨, 그리고 도련님, 두 분께서 늘 물으시던 목동, 사랑에 고민하는 그 목동 말입니다만, 그가 언젠가 잔디밭에서 나하고 앉은 채 사람을 업신여기는 저 교만한 양치기 처녀를 자기 애인으로 찬양하고 있는 걸 두 분은 보셨지요.
실리어	아니, 그 사람이 어쨌단 말인가?
코린	진정한 사랑의 창백한 안색과 건방지고 뻐기는 빨간 안색 사이에 진짜로 벌어지는 구경거리를 보고 싶다면, 좀 가보세요. 내가 안내하겠어요. 가보시겠어요?
로절린드	아, 그래, 가보자. 연인들을 구경하는 건 연애하는 사람들의 눈요기가 되거든. 그 장면으로 안내해라. 정말이지 나도 그 일에 한 몫 단단히 끼어 보이겠으니까. *(모두 퇴장한다.)*

3막 5장

숲 속의 다른 곳.

🌸 *실비어스가 피비 뒤를 따라 오면서 애걸하고 있다.*

실비어스	*(무릎을 꿇고)* 어여쁜 피비, 날 비웃지 마. 피비, 비웃지 말라고. 나를 사랑하지 않는다고 말해도 좋지만, 그 말을 매정하게는 하지 마. 천한 사형집행인은 어찌나 사형에 익숙해 있던지 마음은 돌

처럼 굳어 있으면서 수그린 목을 도끼로 내려질 때는 먼저 용서를 청한다잖아. 어떻게 당신이 핏방울로 밥을 빌어먹는 사형 집행인 보다 더 무자비할 수 있겠어?

🌸*로절린드, 실리어, 코린이 뒤로 해서 몰래 다가온다.*

피비 난 당신의 사형 집행인은 되고 싶지 않아요. 난 당신을 해치고 싶지 않기 때문에 피하고 있는 거예요. 당신은 내 눈에 살기가 돈다고 하는데 그건 재미있고 근사하고 참 그럴 듯한 말이로군요. 둘도 없이 연약하고 보드라운 이 눈이, 티끌조차 두려워서 문을 닫는 이 눈이 폭군이니 백정이니 살인자 따위로 불리다니요! 이제 난 있는 힘을 다하여 당신을 노려보겠어요. 내 눈이 상처를 입힐 힘이 있는 것이라면 이제 당신을 죽여 놓으면 좋겠어요. 자, 기절한 척 가장하고, 자, 나자빠져 보세요. 그럴 수 없다면, 아, 제발 창피한 줄 아세요. 창피한 줄이나 아시라고요. 내 눈이 살인자라고 하는 거짓말은 하지 말아요! 자, 내 눈에서 받은 상처가 있다면 보여 봐요. 바늘에 긁히기만 해도 당신에게는 그 자국이 남는 법이에요. 동심초에 기대기만 해도, 상처 같은 자국이나 눈에 띌 정도의 눌린 자국이 잠시 동안 당신 손바닥에 남는 법이에요. 그러나 내 눈은 당신을 쏘아봐도 상처는 내지 않아요. 그뿐 아니라, 정말이지 상처를 낼 힘이 내 눈에는 없어요.

실비어스 아, 그리운 피비. 만약에, 그러니까 사실 머지않아서 당신도 어떤 싱싱한 볼에서 풍기는 사랑의 마력에 사로잡힌다면, 그때에는 사랑의 예리한 화살이 입히는, 눈에는 보이지 않는 상처를 알게 될 거야.

피비	하지만 그때까지 당신은 내 곁에 오지 마세요. 그리고 그때가 되면 나를 조롱하고 비웃어도 좋고 동정하지 않아도 좋아요. 그때까지 나도 당신을 동정하지 않을 테니까요.
로절린드	*(앞으로 나오면서)* 아니, 당신 어머니가 도대체 누구이기에 당신은 저 불쌍한 남자를 그렇게 모욕함과 동시에 뻐기는 거야? 그래, 예쁜 얼굴이 아니라 해도, 사실 내가 보기에는 촛불도 없이 어둠 속에서 침실로 같이 가야 할 용모밖에 못되는 주제인데, 뭘 그렇게 거만하고 잔인하게 굴어야만 한단 말이야? 아니, 요것 봐라. 왜 날 그렇게 쏘아보는 거야? 내가 보기엔 당신 눈은 자연이 만들어 낸 싸구려 상품밖에 못되는 거야. 이거 야단났군. 이 여자는 내 눈까지 사로잡아 놓을 작정이잖아! 천만에! 건방진 계집애 같으니. 그따위 생각은 아예 하지도 마. 당신의 그 먹 같은 눈썹이니, 시커먼 비단실 같은 머리카락이니, 흑색 유리알 같은 눈이니, 크림색 볼 따위로 내 마음을 사로잡겠다면 그건 어림도 없는 수작이야. 이봐, 어리석은 목동, 안개 자욱한 남쪽바람처럼 한숨과 눈물을 쏟아 가면서 너는 왜 저런 여자의 꽁무니를 쫓아다니는 거야? 저 여자가 여자다운 것보다는 당신이 천 배나 더 남자답잖아. 당신 같은 바보들 때문에 이 세상에는 못생긴 아이들이 득시글거리게 되는 거야. 저 여자가 잘난 체하는 건 저 여자의 거울 탓이 아니라 당신 탓이야. 저 여자가 자기 자신도 알 만한 그 얼굴 모양을 실제보다 더 잘 생겼다고 생각하는 것도 당신 탓이라고. 하지만, 이봐, 아가씨, 자기 분수를 알아야 해. 좋은 남자의 사랑을 얻게 된 데 대해 무릎도 꿇고 단식도 하면서 하느님께 감사하란 말이야. *(피비가 로절린드에게 무릎을 꿇는다.)* 내가 당신 귀에 대고 친절하게 얘기해주겠는데, 팔 수 있을 때 팔라고. 당신은 어느 시장에서든

지 손쉽게 팔릴 물건은 아니니까. 이분에게 용서를 청하고 이분을 사랑하며, 이분의 사랑을 받아들이란 말이야. 못생긴 주제에 남을 비웃다니, 그건 천하에 가장 못된 짓이야. 그러니까 이봐, 목동, 이 여자를 당신 것으로 만들란 말이야. 그럼 잘 있어.

피비   어머나, 여보세요. 제발 일 년 동안 계속해서 그렇게 꾸짖어 주세요. 전 당신의 꾸지람을 듣는 게 저분의 구애를 받는 것보다 더 좋아요.

로절린드   *(피비에게)* 저분은 당신이 못생긴 데 반해 있고, *(실비어스에게)* 저 여자는 내가 격분하는 데 반한 모양인데, 그렇다면 저 여자가 눈살을 찌푸리고 당신을 대하는 것과 마찬가지로 나도 독설의 맛을 저 여자에게 보여줄 테야. *(피비에게)* 왜 날 그런 눈초리로 보는 거야?

피비   당신을 나쁘게 생각하지 않기 때문이에요.

로절린드   제발 나한테 반하지 말라고. 난 술자리에서 하는 맹세보다도 믿지 못할 사람이거든. 게다가 난 당신이 싫단 말이야. 우리 집을 알고 싶다면, 바로 이 근처 올리브나무 숲을 찾아와. *(실리어에게)* 자, 가자. *(실비어스에게)* 이봐, 목동, 죽기 살기로 구애를 해봐. *(실리어에게)* 자, 가자고. *(피비에게)* 이봐, 양치기 아가씨, 저 사람을 좀 더 좋게 보고, 그렇게 도도하게 굴지 말란 말이야. 온 세상 사람들이 눈을 가지고 있지만 저 사람의 눈만큼 속고 있는 눈도 없어. *(실리어에게)* 자, 우리 양떼에게 가보자. *(로절린드가 활발하게 걸어 나간다. 그 뒤에 실리어와 코린이 따라 나간다.)*

피비   *(나가는 사람들의 뒤를 빤히 바라보면서)* 고인이 된 목동(말로우 *Christopher Marlow*)이여, 난 이제야 당신의 명문구의 위력을 알겠어요. 그건 '사랑하는 자, 그 누가 첫눈에 사랑하지 않았던

엘리자베스 시대의 여자 양치기

가?' 라는 거지요.

실비어스　그런데 말이야, 피비.

피비　흥! 뭐라고요, 실비어스?

실비어스　이봐, 피비, 날 동정해 달란 말이야.

피비　참으로 미안하게 됐어요, 실비어스.

실비어스　동정이 있는 곳에는 구제가 있는 법이야. 당신이 나의 사랑의 쓰라림을 동정한다면, 날 사랑해 줌으로써 당신의 미안한 마음도 내 마음의 쓰라림도 모두 사라지게 될 테니까.

피비　사랑해 드리지요. 이웃 사이의 정으로 말예요.

실비어스　난 당신을 가지고 싶어.

피비　어머나, 욕심쟁이 같으니라고. 이봐요, 당신이 미웠던 시절도 있었어요. 그리고 지금도 난 당신을 사랑하지는 않아요. 하지만 당신이 사랑에 관해서 참 좋은 얘기를 해주니까, 이제까지는 귀찮았지만 앞으로는 참고 당신과 같이 있어 주겠어요. 그리고 심부름도 시키겠어요. 하지만 내 심부름을 하는 정도로 만족하고 더 이상 욕심은 내지 말아요.

실비어스 나의 애정은 너무나 신성하고 완전한데다가 나는 애정에 너무나 굶주려 있어서 추수하는 주인이 거두어들인 뒤에 이삭을 줍는 것만으로도 엄청난 수확으로 여길 테야. 그러니 당신이 이따금 이삭과 같은 웃음을 던져 주면, 나는 그걸 믿고 살 거야.

피비 아까 나에게 말을 한 그 젊은이를 알아요?

실비어스 잘은 모르지만 가끔 만났지. 저 영감쟁이 소유인 오두막집과 목장을 그 사람이 샀다더군.

피비 내가 그 사람에 관해 물어 본다고 해서 그 사람을 사랑한다고 생각하지는 말아요. 그 사람은 건방진 애라고요. 그래도 말은 잘해요. 하지만 말이 나하고 무슨 상관이에요? 그래도 말을 무시할 수는 없어요. 말하는 사람이 듣는 사람들을 즐겁게 해주니까 말예요. 예쁘장한 청년이지요. 그리 예쁠 것도 없지만. 그러나 확실히 자존심이 센 청년인데 그 자존심이 그에게는 어울려요. 앞으로 근사한 어른이 될 테지요. 그의 가장 유리한 부분은 얼굴이거든요. 그리고 그의 독설에는 화가 치밀어도 그의 눈을 보면 금세 화가 가라앉거든요. 그리 큰 키는 아니지만 나이에 비해서는 큰 편이에요. 다리는 그저 그렇고 그렇지만 그래도 훌륭해요. 입술은 꽤 빨갛고, 볼의 혼합된 색깔보다는 좀 더 진하고 싱싱한 빨간색이지요. 볼이 연분홍색 장밋빛이라면 입술은 진홍색이었어요. 이봐요, 실비어스, 어떤 여자가 나처럼 그 사람을 자세히 바라보았다면, 아마 반하고 말 뻔했을 거예요. 하지만 나로서는 그 사람을 사랑하지도 미워하지도 않아요. 그래도 사랑하기보다는 미워할 이

유가 더 많아요. 그 사람은 무엇 때문에 날 그렇게 비난했어야만 했느냐고요? 그 사람은 내 눈이 까맣고 머리카락이 까맣다고 했어요. 이제 생각해 보니 날 모욕한 거예요. 나는 왜 제대로 대꾸해주지 않았을까? 하지만 상관없어요. 잊어버리고 있다고 해서 용서해 준 건 아니니까요. 난 그 사람에게 몹시 심한 조롱의 말투로 편지를 쓸 테니까 당신이 전해 줘요. 전해줄 거지요, 실비어스?

실비어스	피비, 전해 주고말고.
피비	난 즉시 쓰겠어요. 내 머릿속과 가슴 안에 있는 사연을 말이에요. 표독하게, 그리고 아주 간단하게 쓸 거예요. 나하고 같이 가요, 실비어스. *(두 사람이 퇴장한다.)*

양 우리 부근의 빈터.

🍀 로절린드, 실리어, 제익퀴즈가 등장한다.

제익퀴즈   이봐, 아름다운 청년, 나하고 좀 친하게 지내보자고.

로절린드	당신은 우울한 분이라고들 하던데요.
제익퀴즈	사실이 그래. 웃는 것보다 우울한 게 난 더 좋거든.
로절린드	어느 쪽이든 지나친 사람들은 밉살스럽고, 술주정꾼보다 더 심한 악평을 받게 마련이에요.
제익퀴즈	하지만 우울하고 침묵을 지키는 건 좋은 건데.
로절린드	그렇다면 기둥이 되는 것도 좋게요.
제익퀴즈	내 우울증은 경쟁 때문에 겪는 학자의 우울증은 아냐. 음악가의 미치광이 같은 그것도 아니고, 벼슬아치의 거만한 그것도 아니며, 군인의 야심적인 그것도 아니고, 변호사의 술책적인 그것도 아니며, 귀부인의 뾰로통한 그것도 아니고, 이 모든 것을 합친 애인의 그것도 아니라, 온갖 재료에서 뽑아내어진 여러 요소로 되어 있는 나의 독특한 우울증인데, 사실 나의 인생 여로의 각가지 명상에서 나오는 것이고, 그 여행에 관해 돌이켜 생각해보면 난 곧잘 슬픈 우울증에 휩싸이고 만단 말이야.
로절린드	나그네로군요! 당신은 슬퍼할 이유가 정말로 많이 있군요. 당신은 자기 토지는 팔아 버리고 남의 토지나 바라다보고 있는 사람 같아요. 그런데 바라보기만 하고 자기 것이 없다면, 눈요기만 되고 손은 가난하지 뭐에요.
제익퀴즈	아무렴. 덕분에 난 경험은 풍부해졌어.

🍀 올랜도가 다가온다.

로절린드	글쎄, 그 경험이 당신을 슬프게 만드는 거에요. 나 같으면 경험 때문에 슬퍼지기보다는 차라리 바보라도 곁에 두고 쾌활해지겠어요. 더구나 여행까지 해서 슬픔을 사다니!

로절린드로 분장한
에드워스 시대의 여배우 베어드 Dorothea Baird

올랜도   안녕하세요? 잘 있었나, 로절린드? *(로절린드가 아는 체하지 않는*
다.)

제익퀴즈   아니, 당신이 노래 조로 말을 한다면 난 그만 물러가겠소. *(제익퀴*
즈가 돌아선다.)

로절린드   안녕히 가세요, 나그네 양반. 말은 외국어 조로 하고 옷은 기묘한
것을 입으세요. 그리고 자기 나라의 좋은 점을 실컷 욕하고, 모국
에 태어난 걸 한탄하고, 자기 생김새에 대해서 하느님에게조차 욕
을 하세요. 그렇게 하지 않는다면 난 당신이 곤돌라를 타보았다고
인정하지 않을 테니까요. *(이제는 멀어져서 제익퀴즈 귀에는 들리*

지 않는다.) 어머, 올랜도로군! 그동안 내내 어디에 가 있었지요? 그래도 당신은 애인이라고요! 한번만 더 이렇게 날 골탕먹이려거든 다시는 내 눈앞에 나타나지 말아요.

올랜도 　이봐, 아름다운 로절린드, 난 약속보다 한 시간도 채 늦지 않았어.

로절린드 　사랑의 약속을 한 시간이나 어기다니요! 일 분을 천 토막으로 나누어 그 천 분의 일이라도 사랑의 일에서 어기는 남자라면 큐피드의 화살을 어깨에나 맞을 정도지, 그의 심장은 분명히 멀쩡할 거예요.

올랜도 　용서해 줘, 로절린드.

로절린드 　싫어요. 이렇게 늦게 오려면 이제는 내 눈앞에 나타나지 말아요. 난 차라리 달팽이한테 구애받는 편이 나으니까요.

올랜도 　달팽이한테?

로절린드 　그래요, 달팽이한테 말이에요. 달팽이는 오는 건 느리지만 머리에 자기 집을 이고 오지요. 그건 당신이 여자에게 마련해주는 재산보다 더 나을 거예요. 게다가 달팽이는 자기 운명까지 가지고 온다고요.

올랜도 　아니, 무슨 말이야? *(로절린드는 앉는다.)*

로절린드 　글쎄, 뿔 말예요. 당신 같은 남자들이 바람난 아내 때문에 돋쳐 가지고 좋아할 물건 말예요. 그러나 달팽이는 자기 운명을 미리 지니고 오니까 아내 때문에 욕볼 것도 없어요.

올랜도 　정숙한 여자는 남편에게 오쟁이 뿔을 돋치게 하지는 않아. *(생각에 잠겨서)* 나의 로절린드는 정숙하거든.

로절린드 　그러니까 내가 당신의 로절린드라고요. *(한쪽 팔로 올랜도의 목을 감는다.)*

실리어 　저이는 정말 로절린드라고 불러 보고 싶을 거예요. 하지만 저이의 로절린드는 좀 더 잘 생겼어요.

로절린드   자, 나에게 구애를 해보세요. 구애를 해보라니까요. 난 지금 들뜬 기분이어서 금세 응낙할 것만 같아요. 만일 내가 당신의 진짜 로 절린드라면 당신은 무슨 말부터 할 건가요?

올랜도   말하기 전에 먼저 키스할 테야.

로절린드   아녜요. 말을 먼저 하는 게 좋을 거예요. 그리고 할 얘기가 없어 난처해지면 그 기회에 키스할 수 있잖아요. 훌륭한 웅변가들은 말 문이 막히면 침을 뱉는다지요. 연인들이 말문이 막히면 말이지요. 하느님, 우리를 보호해 주십시오! 키스하는 게 가장 좋은 모면책 이에요.

올랜도   만약에 키스를 거절당한다면?

로절린드   그러면 당신은 애원하게 될 테고, 따라서 새로 할 말이 생기지요.

올랜도   애인 앞에서 말문이 막히는 남자도 있을까?

로절린드   글쎄, 내가 당신 애인이라면, 당신의 말문이 막혀 주었으면 좋겠어 요. 그렇지 않으면 나의 지혜가 나의 얌전함에게 지게 되니까요.

올랜도   그런데 내 사랑의 취지에 대해서는?

로절린드   당신의 의복의 취지는 근사해도 사랑의 취지에 대해서는 좀 난처 해요. 그래, 난 당신의 로절린드가 아닌가요?

올랜도   그렇다고 해두는 것도 조금은 기쁘지. 난 그녀의 얘기를 하는 것 이 되니까 말이야.

로절린드   그러면 그녀를 대신하여 난 당신을 거절하겠어요.

올랜도   그렇다면 난 나 자신이 당사자로서 직접 죽을 거예요.

로절린드   아녜요. 죽는다면 대리인을 시켜서 죽으라고 하세요. 이 가엾은 세상은 개벽 이래 거의 육천 년이나 됐지만, 그 동안 당사자로서 죽은 사람은 하나도 없었어요. 글쎄, 사랑 때문에 죽은 사람 말예요. 트로일러스 Troilus는 크레시더 Cressida에 대한 실연 때문에 죽은 게 아니라 그리스인(아킬레스 *Achilles*)의 몽둥이에 맞아 죽었지요. 그래도 그는 죽어도 좋을 만큼 할 짓은 했으니까 연애의 표본의 한 사람인 거예요. 리앤더 Leander를 보더라도 그 무더운 여름밤만 아니었더라면, 히로 Hero가 수녀가 되든 말든, 좀 더 오래 살았을 거예요. 글쎄, 그 젊은이는 헬레스폰트 Hellespont에 수영을 하러 갔을 때 쥐가 나서 익사하고 말았는데, 당대의 어리석은 역사가들은 '세스토스 Sestos의 히로' 때문에 죽었다고 기록해 놓았거든요. 하지만 이건 모두 거짓말이에요. 남자들이 때로는 죽어서 구더기의 밥이 되어 왔지만, 사랑 때문에 죽은 남자는 한 명도 없어요.

올랜도 　나의 진짜 로절린드는 그런 마음이 아니길 난 바라겠어. 정말이지 그녀가 얼굴만 찌푸려도 난 죽을 테니까.

로절린드 　이 손에 걸고 맹세하지만, 내가 얼굴을 찌푸려도 파리 한 마리도 죽지 않아요. *(바싹 다가앉으면서)* 하지만, 자, 난 이제 좀 더 은근한 기분의 로절린드가 되어 드릴 게요. 자, 뭐든지 요청해 봐요. 난 들어 줄 테니까요.

올랜도 　그러면 날 사랑해 줘, 로절린드.

로절린드 　예, 사랑해 드리지요. 금요일에도 토요일에도 그리고 다른 어느 요일에도.

올랜도 　그리고 나를 남편으로 삼아 주겠어?

로절린드 　예, 당신 같은 분이라면 스무 명이라도.

올랜도 　뭐라고?

로절린드 　당신은 좋은 분이 아닌가요?

올랜도 　난 그렇게 생각하고 있지.

실리어 : 올랜도! 당신은 로절린드를 아내로 맞이 하겠는가?

로절린드	좋은 분에 대해서라면 얼마든지 탐내도 괜찮은 거 아녜요? *(일어서면서 실리어보고)* 이봐, 실리어, 네가 목사님 대신 우리 결혼식의 주례를 서라. 올랜도, 손을 이리 내미세요. 실리어, 너 왜 그러냐?
올랜도	제발 주례를 좀 서주세요.
실리어	난 말이 영 안 나오는 걸요.
로절린드	'올랜도, 당신은'이라고 시작하는 거야.
실리어	자, 그러면 말이지요. 올랜도, 당신은 이 로절린드를 아내로 맞이하겠는가?
올랜도	그렇게 하겠습니다.
로절린드	하지만 언제?
올랜도	물론 당장이지. 이 여자가 주례를 서주기만 한다면 말이야.
로절린드	그러면 이렇게 말해야지요. '로절린드, 나는 당신을 아내로 맞이합니다'라고요.
올랜도	로절린드, 나는 당신을 아내로 맞이합니다.
로절린드	나는 당신의 그 권리에 대해 물어봐야겠지만, 어쨌든 올랜도, 나는 당신을 남편으로 맞이해요. 이건 여자가 주례보다 말을 앞질러 하는군요. 하지만 여자의 생각은 확실히 행동보다 앞질러 달리지요.
올랜도	사람의 생각이란 모두 다 그런 거야. 날개가 돋쳐 있으니까.
로절린드	자, 그러면 말해 봐요. 당신은 그녀를 아내로 삼은 뒤 얼마 동안이나 헤어지지 않고 함께 살 건지 말이에요.
올랜도	영원히, 하루도 빠지지 않고.
로절린드	'영원히'란 말은 빼고 '하루 동안'이라고 말하세요. 아니지, 아니에요. 올랜도, 남자들이란 구애할 때는 사월 같지만 결혼하고 나면 섣달이에요. 여자들도 처녀 때는 오월 같지만 아내가 되고

나면 하늘의 색깔이 변하지요. 나는 바바리 Barbary 지방의 비둘기 수컷이 암컷을 시기하는 것보다 더 심하게 당신을 시기할 거예요. 비를 예고하는 앵무새보다 더 시끄럽게 떠들 거예요. 꼬리 없는 원숭이보다 더 한층 욕정에 넋을 잃을 거예요. 그리고 분수의 다이애나 Diana 석상처럼 아무것도 아닌 일에도 울어댈 거예요. 더구나 당신이 유쾌한 기분일 때를 노려서 울어댈 거라고요. 그리고 당신이 졸릴 시기를 노려서 하이에나 hyena의 악마 같은 웃음을 터뜨릴 거라고요.

올랜도   하지만 나의 로절린드가 설마 그렇게 할까?

로절린드   내 목숨에 걸고 단언하지만, 그녀는 나처럼 그렇게 할 거예요.

올랜도   아, 하지만 그녀는 총명한 여자란 말이야.

로절린드   총명치 않다면 그만한 짓을 할 머리조차 없겠지요. 여자는 총명할 수록 변덕이 더 심해요. 여자의 총명함에 문을 매달아 보세요. 그럼 창문으로 튀어나올 테니까요. 창문을 닫아 보세요. 자물쇠 구멍으로 빠져나올 테니까요. 그걸 막아 보세요. 연기와 함께 굴뚝으로 날아 나올 테니까요.

올랜도   그렇게 총명한 아내를 얻은 남자는 ‘총명함이여, 너는 어디로 가느냐?' 하고 물어야겠군.

로절린드   아녜요. 당신에게 그런 다짐은 할 필요가 없을 거예요. 아내의 총명함이 이웃집 남자의 이불 속으로 들어가는 것을 당신이 보기 전에는 말예요.

올랜도   그러면 그때 그 총명함은 무슨 총명함을 써서 변명할 수 있을까?

로절린드   그거야 당신을 찾으러 거기 가본 거라고 변명하겠지요. 혀가 없는 여자가 아닌 이상, 대꾸도 없이 현장에서 잡히지는 않을 테니까요. 아, 자기 죄를 남편에게 뒤집어씌울 줄 모르는 여자에게는 자녀들의 양육을 맡기지 말아야만 해요. 그런 여자는 자녀들을 바보 처럼 만들 테니까요!

올랜도 로절린드, 나는 두 시간쯤 어디 좀 다녀올까 해.

로절린드 어머나, 당신도! 난 두 시간이나 헤어져 있을 순 없어요!

올랜도 난, 공작의 식사 모임에 참석해야만 하거든. 두 시간 뒤에 다시 돌 아올게.

로절린드 아, 가 버려요. 떠나가 버리라고요. 당신이 어떤 사람인지 이제 알 았어요. 당신이 그럴 거라고 난 친구들에게서 얘기도 많이 들었어 요. 나 역시 그럴 거라고 생각했지요. 난 당신의 달콤한 말에 속아 넘어가 버렸어요. 이건 한 여자가 버림받은 것뿐이에요. 아, 죽어 버리고 싶어! 두 시간이라고 했나요?

올랜도 그래, 로절린드.

로절린드 정말로, 진정으로, 신의 이름에 걸고, 또한 위험성이 없는 온갖 그 럴 듯한 맹세에 걸고 말하지만, 만일 당신이 눈곱만큼이라도 약속 을 어기거나 일 분이라도 약속시간보다 뒤늦게 온다면, 난 이렇게 생각하겠어요. 당신은 불성실한 사람들의 무리 가운데에서도 가 장 대담한 약속위반자, 가장 허무맹랑한 연인, 자신이 로절린드라 고 부르는 그 여자에게는 가장 알맞지 않은 사람이라고 말예요. 그러니까 저의 비난을 명심해서 약속을 지키세요.

올랜도 나의 진짜 로절린드의 경우와 마찬가지로 난 약속을 꼭 지키겠어. 자, 난 다녀올게.

로절린드 글쎄요. 시간은 그런 약속위반자들을 모조리 심문하는 늙은 재판 관이니까 시간에게 맡기겠어요. 안녕히 가세요! (*올랜도가 퇴장한 다.*)

실리어 언니는 그런 사랑의 수다를 떨어서 우리 여성 전체를 완전히 모욕

했어요. 우린 언니의 조끼와 바지를 머리 위로 올려 벗겨 가지고 세상에 보여 줘야만 하겠어요. 이 새가 자기 둥지에 무슨 잘못을 했는지 말이에요.

로절린드   아, 얘, 얘, 얘, 얘야. 귀여운 내 사촌 얘야. 너도 알고 있잖아. 내가 얼마나 깊이 사랑하고 있는지 말이야! 하지만 그 깊이는 재어 볼 수는 없어. 나의 애정은 포르투갈만 Bay of Portugal과 마찬가지로 밑바닥까지 측량할 수 없단 말이야.

실리어   오히려 밑바닥이 없는 것은 아닐까요. 그래서 언니가 애정을 부어 넣는 족족, 한쪽에선 애정이 모두 흘러나가 버리거든요.

로절린드   아니야. 비너스의 저 고약한 사생아, 생각에서 생겨나고 변덕에서 잉태되고 광중에서 태어난 악동, 자기 눈은 보지 못하기 때문에 다른 모든 사람들의 눈을 삐게 만드는 저 눈먼 불량소년에게 판단 하도록 해봐. 내가 얼마나 깊이 사랑하고 있는지 말이야. 얘, 앨리너, 난 올랜도가 안 보이면 배겨나지 못하겠단 말이야. 난 그늘이라도 찾아가서 그이가 올 때까지 한숨이나 짓고 있을 테야.

실리어   그럼 난 잠이나 잘래요. *(두 사람이 퇴장한다.)*

추방당한 공작의 동굴 앞.

🍀 *사냥꾼들이 가까이 다가올수록 더욱 소란스러워진다. 금세 사냥꾼 복장을 한 에이미엔즈와 다른 귀족들이 제익퀴즈와 아침나절의 사냥 이야기를 하면서 등장한다.*

제익퀴즈   그 사슴을 잡은 건 어느 분이지요?

귀족 1   그건 나요.

제익퀴즈   이분을 로마의 용사처럼 공작에게 안내합시다. 그리고 승리의 나뭇가지 대신 사슴뿔을 이분의 머리에 얹어 놓는 게 좋을 거요. 이봐요, 사냥꾼, 이럴 때 알맞은 노래는 없는 거요?

에이미엔즈   아, 있지요.

제익퀴즈   그럼 불러 봐요. 떠들썩하기만 하다면 장단은 어떻든 상관없어요.

🍀 *사슴을 잡은 귀족이 먼저 뿔과 가죽으로 차려 입고, 모두 그를 높이 들어 올리며 노래를 한다. 에이미엔즈가 먼저 부르고 모두 합창한다.*

🍀 노래

　　사슴을 잡은 사람에게 무엇을 줄까요?

　　사슴 가죽을 입히고 뿔로 장식해 주며

우리는 노래를 불러 그를 집에 보내자.

자, 후렴을 부르자.

뿔이 돋쳤다고 창피하게 여기지 마라.

그건 네가 태어나기 전에 있던 관이었거든.

네 아버지의 아버지도 그걸 가지고 있었고

너의 아버지도 그게 돋쳐 있었거든.

뿔이란, 뿔이란, 늠름한 뿔이란

창피해서 비웃을 물건이 결코 아니지.

🍀 모두 나무를 세 바퀴 돌며 후렴을 몇 차례 반복한다. 이윽고 공
　자의 동굴로 향한다.

사슴 고기를 영국식으로 자르다.

숲, 양 우리 부근의 빈터.

🌸 로절린드와 실리어가 들어온다.

로절린드 넌 이래도 할 말이 있어? 벌써 두 시간이 지나지 않았어? 그런데
여기 올랜도가 참으로 많이도 와 있네!

실리어 정말이지, 그이는 순수한 연정과 괴로운 머리 때문에 활과 화살을
들고 잠을 자러 갔을 테지요. 저기 봐요. 누가 이리 오는군요.

🌸 실비어스가 다가온다.

실비어스 젊은이, 난 심부름하러 왔어요. 피비라는 처녀가 이걸 전해 달라
고 해서요. (로절린드에게 편지를 준다.) 난 그 내용은 알 수 없지
만, 이 편지를 쓸 때 그녀가 이마를 찌푸리고 안달하던 걸로 보아
서는 아마 화가 나서 하는 말이 적혀 있을 것 같군요. 그러나 용서
해 줘요. 난 심부름을 할 뿐 죄가 없으니까.

로절린드 인내 그 자체도 이 편지에는 깜짝 놀라고 펄펄 뛰지 않겠는가! 이
걸 참을 정도라면 뭐는 못 참겠는가 말이야. 나더러 못생겼다느
니, 버릇이 없다느니, 뻐긴다느니 하는가 하면, 남자가 불사조 같
이 드문 세상이라 해도 그녀는 나를 사랑할 수 없다고 말했지. 제
기랄! 그런 계집의 사랑이 토끼라면 난 그런 토끼는 거들떠보지도
않아. 그런데 왜 이따위 편지를 써서 나에게 보냈지? 이봐, 목동,

실비어스가 로절린드에게 편지를 주다.

	이건 네가 꾸며낸 편지지.
실비어스	천만에요. 나는 정말 그 내용을 몰라요. 피비가 썼다고요.
로절린드	이봐, 이봐, 넌 바보야. 게다가 극단적인 사랑에 빠져있단 말이야. 난 그녀의 손을 봤어. 가죽 같은 손이었지. 더러운 석회석 색깔을 한 손이었다고. 낡은 장갑을 끼고 있는 줄 알고 난 감쪽같이 속았는데, 역시 그녀의 진짜 손이었어. 그건 부엌데기의 손이야. 하지만 그런 건 문제가 아니고 어쨌든 그녀가 이런 편지를 꾸며낼 리는 결코 없어. 이건 남자 머리의 산물이고, 남자의 손으로 쓰인 거란 말이야.
실비어스	틀림없이 이건 그 처녀가 쓴 거요.
로절린드	아니, 이건 난폭하고 잔인한 문체야. 결투에 도전하는 자들이 사용하는 문체라고. 마치 터키인이 그리스도교도를 무시하듯이 그

너는 나를 무시하고 있어. 여자의 상냥한 머리에서는 이토록 지독하게 난폭한 생각이 나올 수는 없는 법이야. 마치 에티오피아인과 같은 문구가 아닌가? 실제 내용은 표면적인 것보다 훨씬 더 시커먼 거라고. 내용을 좀 읽어 줄까?

실비어스   예, 제발 좀 읽어주세요. 난 아직 내용을 못 봤으니까요. 하기야 난 피비의 지독함에 이미 넌덜머리가 난 처지지요.

로절린드   정말 피비답게 지독한 내용이야. 이 폭군의 글을 좀 들어 봐.
            (읽는다.)
                '당신은 신이 목동으로 둔갑한 분이기에
                이렇게도 처녀의 가슴을 불타게 하는 건가요?
            여자가 감히 이런 악담을 할 수 있나?

실비어스   당신은 그걸 악담이라고 하나요?

로절린드   *(읽는다.)*
                '당신은 어째서 신성을 버리고
                여자의 마음을 괴롭히는 건가요?'
            이런 악담을 들어 본 적이 있어? *(계속해서 읽는다.)*
                '남자의 눈이 저에게 구애를 했지만
                상처 하나 안 입은 이 몸이에요.'
            나를 짐승으로 보는군. *(계속해서 읽는다.)*
                '당신의 맑은 눈은 그 조소마저도
                저에게 이토록 연정을 불러일으키니,
                아, 나를 정답게 바라보아 준다면
                그 얼마나 신기한 효험을 발휘할 것인가!
                당신이 야단쳐도 나는 당신을 사모했는데
                당신이 구애한다면 나는 얼마나 혼들릴 것인가!

이 연애편지를 당신에게 전하는 사람은

저의 이 사랑을 거의 몰라요.

당신 마음도 봉인하여 그 사람 편에 보내주세요.

젊고 친절한 당신 마음이

저의 진정과 이 몸이 바칠 수 있는

온갖 것을 받아주는지 말이에요.

당신이 저의 사랑을 거절한다면

저는 다만 죽는 방법이나 궁리하겠어요.'

실비어스   당신은 이걸 욕설이라고 하나요?

실리어   맙소사! 가련한 목동 같으니!

로절린드   넌 저 자를 동정하니? 아니, 저 자는 동정받을 자격도 없어. *(목동에게)* 넌 이런 여자를 사랑할 거냐? 아니, 그녀는 너를 도구로 삼고 너에게 거짓말만 늘어놓고 있잖아! 이런 걸 다 참다니! 자, 그 여자에게 가보라고. 내가 보기에 넌 사랑 때문에 얼빠진 뱀과 같아. 어쨌든 가서 이렇게 전해줘. 그녀가 나를 사랑한다면, 내 명령이니, 너를 사랑하라고 말이야. 그리고 그녀가 너를 사랑하지 않겠다고 한다면, 네가 그녀 대신에 애원한다면 몰라도, 난 그녀를 다시는 상대하지 않을 거라고 말이야. 네가 진짜 연인이라면 아무 말 말고 썩 물러가라. 다른 사람이 이리로 오는 것 같으니까. *(실비어스가 퇴장한다.)*

🌺 *올리버가 다른 길로 황급히 등장한다.*

올리버   아름다운 분들이여, 안녕하세요? 이 숲의 변두리에 올리브나무 울타리가 처진 양 우리가 있다는데, 알면 제발 좀 가르쳐 주세요.

실리어	이곳에서 서쪽으로, 저 아래 계곡에 가면 있어요. 졸졸 흐르는 개울을 따라 줄지어 서 있는 버드나무를 오른쪽으로 보면서 곧장 가면 그곳에 이르지요. 하지만 지금은 집만 서 있고 안에는 아무도 없어요.
올리버	들은 얘기를 눈이 알아 봐도 좋다면 그 얘기대로 나는 당신들을 알아 봐야겠군요. 이와 같은 옷차림에 이와 같은 나이라고 했지요. 글쎄, '소년은 여자 같은 안색에 성숙한 사냥꾼처럼 행동하며, 여자는 키가 작고 안색은 오빠보다 약간 검은 편'이라고 하더군요. 당신들은 내가 찾고 있는 그 집의 주인이 아닌가요?
실리어	자랑스럽지는 않지만, 질문을 받고 보니 우린 그렇다고 말해야겠군요.
올리버	올랜도가 두 분에게 안부 전하고, 자기의 로절린드라고 하는 젊은

올랜도가 사자로부터 올리버를 구출하다.

이에게는 이 피 묻은 손수건을 전해 달라고 했지요. 당신이 그 젊은이인가요?

로절린드 그래요. 하지만 도대체 이건 어찌 된 영문인가요?

올리버 나로선 좀 창피스런 얘기요. 내가 어떤 사람인지, 그리고 어떻게, 어째서, 어디서, 이 손수건이 피에 젖게 되었는지 당신이 알게 되면 말이오.

실리어 제발 얘기해 보세요.

올리버 저 젊은 올랜도는 당신들과 지난번에 작별했을 때, 한 시간 이내에 돌아오겠다는 약속을 남겨 놓고 숲 속을 돌아다니면서 달고 쓴 환상을 음식같이 씹고 있었지요. 그런데 그때, 아, 저런! 그가 눈을 들어 바라보니 뭐가 비쳤을까요? 가지들마다 해묵은 이끼가 끼고 높은 꼭대기는 하도 오래 되어 잎이 하나도 없는 참나무 밑에서 머리카락은 자랄 대로 자라고, 누더기로 몸을 감은 비참한 차림의 한 사나이가 반듯이 누워서 잠을 자고 있었지요. 그런데 초록빛과 금빛이 나는 뱀이 그 사내의 모가지 근처에서 똬리를 튼 채 날쌘 머리를 무섭게 쳐들고는 그 사내의 쩍 벌린 입을 향해 다가오고 있었지요. 하지만 뱀은 갑자기 올랜도를 보자마자 스스로 똬리를 풀고는 덤불 속으로 꼬불꼬불 달아나 버렸지요.
그런데 그 덤불 그늘 밑에는 젖이 바싹 말라붙은 암사자 한 마리가 쥐를 노리는 고양이처럼 머리를 땅에 대고 웅크린 채, 잠든 그 사람이 몸을 움직이기를 고대하고 있었지요. 이 짐승은 왕자다운 성질 때문에 죽은 것은 잡아먹지 않거든요. 그 광경을 보자 올랜도가 다가가서 살펴보니까 그 사람은 자기의 형, 맏형이었다 이거요.

실리어 아, 그분이 바로 그 형님 얘기를 하는 걸 저도 들었어요. 그런데

올리버 : 그는 나를 여기 보냈다.
　　　　자기가 약속을 지키지 않은 것을 당신이 용서하는지 물어보라고.

　　　　　사람의 탈을 쓴 인간 치고, 자기 형님 같이 못된 인간은 없다더군
　　　　　요.

올리버　　사실 그럴 겁니다. 그 자가 못된 인간이라는 건 나도 잘 알고 있거
　　　　　든요.

로절린드　하지만 올랜도 그이는 자기 형이 젖을 다 빨려서 굶주려 있는 그
　　　　　사자의 밥이 되도록 내버려두었나요?

올리버　　그는 두 번이나 돌아서고 그렇게 할 작정이었지요. 하지만 복수심
　　　　　보다 훨씬 더 고상한 애정, 그리고 그런 좋은 기회를 물리치는 인
　　　　　간의 본능 때문에 그는 암사자한테 달려들어 순식간에 그놈을 때
　　　　　려눕혔지요. 그 소동으로 나는 무서운 잠에서 깰 수 있었지요.

실리어　　당신이 그분의 형님이란 말인가요?

로절린드　그이가 구조해낸 분이 당신이란 거예요?

실리어　　항상 그분을 죽일 계획을 세우던 사람이 당신이었나요?

올리버　　과거에는 내가 그랬지요. 하지만 지금 나는 그렇지 않아요. 과거

	에 내가 어떤 사람이었는지 말하는 게 난 창피스럽지 않아요. 글쎄, 지금의 나로 말하자면 회개하여 깨끗해져 있으니까요.
로절린드	하지만 그 피 묻은 손수건은 뭐지요?
올리버	차차 얘기하지요. 처음부터 끝까지 우리 두 사람의 이야기는 다정한 눈물 속에 계속되었는데 나는 이 적막한 곳에 오게 된 경위마저 털어놓았지요. 결국 내 동생은 나를 친절한 공작에게 안내해주었지요. 공작께서는 나에게 새 옷도 주고 후하게 대우하셨지요. 그리고 내 동생의 애정을 기꺼이 받아들이라고 분부셨지요. 내 동생은 곧 나를 자기 동굴로 안내하고 그곳에서 옷을 벗었는데, 그

로절린드가 기절하다._로버트 스머크 작

의 팔을 보니 암사자가 살을 물어뜯은 자국이 있고 줄곧 피가 나고 있었지요. 그때 내 동생은 기절했어요. 기절한 동안에도 내 동생은 로절린드의 이름을 부르고 있었지요. 결국에 나는 동생을 소생시켜주었고 상처를 동여매 주었지요. 그러자 잠시 후에 내 동생은 원기를 회복했는데, 안면도 없는 나를 이곳에 보내 이런 얘기를 전하게 하고, 약속을 어긴 데 대해 용서를 구하는 한편, 장난삼아 자기의 로절린드라고 부르는 젊은 목동에게 이 피 묻은 손수건을 전하도록 한 겁니다. (*로절린드가 기절한다.*)

실리어	어머나! 왜 이래요? 개니미드 Ganymide! 이봐요, 개니미드!
올리버	피를 보면 기절하는 사람들도 많지요.
실리어	더 깊은 까닭이 있어요. 오빠! 개니미드 오빠!
올리버	아, 젊은이가 소생하는군.
로절린드	난 집에 가고 싶어.
실리어	우리가 데려다 주겠어요. 이봐요, 당신이 여기 팔을 좀 붙들어 주지 않겠어요?
올리버	이봐, 젊은이, 기운을 내요. 당신은 남자가 아닌가! 남자의 용기도 없는가?
로절린드	고백하지만, 난 사실 그런 용기가 없어요. 아, 이봐요. 어느 누구라도 이건 근사한 연극이라고 생각할 거예요. 제발 당신 동생에게 내가 연극을 참 잘하더라고 전해줘요. 하, 하, 하!
올리버	이건 연극이 아니라 진실한 감정이라는 증거가 너무나도 또렷하게 당신 얼굴에 나타났다고요.
로절린드	연극이었다니까요, 정말.
올리버	그렇다면 좋아요. 이번엔 용기를 내고, 사내대장부로 보이는 연극을 해봐요.

로절린드	난 그렇게 하고 있어요. 하지만 사실 난 여자가 되었어야 할 것 같아요.
실리어	아니, 언니는 점점 더 창백해지는군요. 어서 집으로 가요. 이봐요, 당신도 우리와 함께 가요.
올리버	그렇게 하지요. 로절린드, 당신이 내 동생을 어떻게 용서해주는지 나는 그 대답을 가지고 돌아가야 하니까요.
로절린드	대답은 생각해 놓겠어요. 하지만 내가 해 보인 연극을 그이에게 꼭 좀 전해 주세요. 그럼, 가시겠어요? *(모두 오두막집이 있는 곳으로 내려간다.)*

5막 1장

숲.

🍀 터치스톤과 오드리가 나무 사이로 오고 있다.

터치스톤   이봐, 오드리, 기회는 우리에게 또 올 거야. 그러니 참으라고, 얌전한 오드리.

오드리   하지만 아까 그 늙은이는 그런 말을 했지만 그 목사만으로 충분했어요.

터치스톤   빌어먹을 올리버 목사 같으니! 원, 지독한 엉터리 목사 같으니! 하지만 말이야. 이봐, 오드리, 이 숲 속에는 당신을 노리는 젊은 놈이 하나 있어.

오드리   아, 그가 누구인지는 저도 알아요. 그이는 저에게 아무런 권리도 없어요. 어머나, 당신이 말하는 그 사람이 이리 와요.

🍀 윌리엄, 빈터로 들어온다.

터치스톤과 오드리 _ 존 페티 작

터치스톤	바보를 만나는 건 나에게 푸짐한 술잔치를 만나는 격이야. 정말이
	지, 우리처럼 기지가 풍부한 사람들은 장난을 치지 않을 수 없는
	법인데, 참을 수가 없어.
윌리엄	안녕하세요, 오드리?
오드리	안녕하세요, 윌리엄?
윌리엄	당신도 안녕하십니까?
터치스톤	*(조롱조로 위엄을 부리며)* 안녕하신가, 점잖은 친구? 모자를 써.
	쓰란 말이야. 제발 쓰라니까 그래. 그런데 대관절 나이는 몇 살인
	가?
윌리엄	스물다섯이지요.
터치스톤	숙성한 나이로군. 이름은 윌리엄이라지?
윌리엄	예, 윌리엄이라고 하지요.

터치스톤	좋은 이름이야. 여기 숲 속에서 태어났나?
윌리엄	예, 하느님 덕택에요.
터치스톤	'하느님 덕택' 이라고? 그거 좋은 대답이야. 그래, 돈은 많은가?
윌리엄	저, 그저 그래요.
터치스톤	'그저 그렇다' 니, 그거 좋아. 참 좋아. 아주 대단히 좋아. 하지만 별로 좋지는 않아. 그건 그저 그런 것일 뿐이야. 너는 총명한가?
윌리엄	그럼요. 상당히 총명하지요.
터치스톤	그거 말 참 잘했어. 이제 생각이 나는데, '바보는 자기를 총명하다고 생각하고, 현자는 자기를 바보라고 생각한다' 는 속담이 있어. *(이 말에 윌리엄은 어이가 없어 입이 딱 벌어진다.)* 이교도인 어떤 철학자는 포도가 먹고 싶을 때 입은 벌리고 포도를 집어넣었지. 그건 포도는 먹히는 것이고 입은 벌려지는 거라 이 말이야. 그래, 넌 이 처녀를 사랑하나?

윌리엄	예, 사랑합니다.
터치스톤	나와 악수하자. 글은 배웠나?
윌리엄	아니요.
터치스톤	그럼 내가 좀 가르쳐 주지. 가진다는 것은 가진다는 것이야. 글쎄, 수사학의 비유처럼 술을 술잔에서 컵에 옮겨 따르면 한쪽이 가득 차기 때문에 다른 쪽은 비게 된단 말이야. 그 이유는 모든 저술가가 동의한 바와 같이 자기 자신은 곧 그 자신이니까 말이야. 그런데 네가 그 장본인이 아니라 내가 바로 그 사람이란 말이야.
윌리엄	그 사람이라뇨?
터치스톤	이 여자와 결혼해야만 할 사람 말이야. 그러니까 이 바보야, 포기하라고. 속된 말로 하자면 그만두란 말이야. 이 여성과, 즉 보통말로 하자면 이 여자와 교제하는 것, 즉 시골말로 하자면 사귀는 걸 그만두란 말이야. 이걸 종합해서 말하면, '이 여성과의 교제를 포기하라' 이거야. 포기하지 않으면, 이 바보야, 넌 멸망하고 말아. 네가 좀 더 잘 알아듣게 말할 것 같으면, 넌 죽는단 말이야. 글쎄, 내가 너를 죽인단 말이야. 처치한단 말이야. 너의 생명을 죽음으로, 너의 자유를 속박으로 변경해 놓는다 이 말이야. 독약을 써서, 또는 몽둥이나 칼을 가지고, 또는 당파 싸움의 맞고소에 말려들게 해서, 또는 계략을 꾸며 가지고 너를 죽이겠는데, 그 방법은 백오십 가지나 있단 말이야. 그러니까 넌 부들부들 떨면서 달아나 버리라고.
오드리	그렇게 하세요, 착한 윌리엄.
윌리엄	그럼 안녕히 계세요. *(퇴장한다.)*

✿ 코린이 등장하여 터치스톤을 부른다.

코린	우리 주인님과 아가씨가 당신을 찾고 있어요. 자, 빨리 가보세요.
터치스톤	어서 가자, 오드리! 오드리, 어서 가자고! 나는 간다. 나는 간다고.
	(모두, 오두막집 쪽으로 달려간다.)

🌼 *하룻밤이 지난다.*

숲.

🌼 *올리버와 팔을 수건으로 동여맨 올랜도가 둑에 앉아 있다.*

올랜도	그렇게 잠깐 사귄 끝에 형님이 그녀를 좋아하게 되었다니 도대체 그럴 수가 있나요? 보자마자 정이 들었다고요? 그리고 구애를 했다고요? 그리고 형님의 구애에 대해 여자 쪽에서도 승낙했다고요? 그래, 형님은 기어이 그녀를 아내로 맞을 생각인가요?
올리버	이 문제에 관해서는 경솔하다느니, 그녀가 가난하다느니, 교제가 잠시 동안에 불과하다느니, 나의 구애가 갑작스러운 것이라느니, 그녀의 동의도 별안간에 내려진 것이라느니 하고 책망하지 마라. 오히려 내가 앨리너를 사랑한다고 나하고 함께 말해주렴. 그녀가 나를 사랑한다고 그녀와 함께 말해주렴. 그리고 우리 두 사람은

서로 사랑할 수 있을 것이라고 우리와 함께 동의해주렴. 그게 너에게도 좋은 일이 될 게다. 우리 아버지의 집이며, 수입이며, 고 로울런드 경의 소유를 모조리 너에게 양도하고, 나는 여기서 양치기로 살다가 죽을 작정이니까 말이야.

🌸 *로절린드가 저만큼에서 오고 있다.*

올랜도　동의해 드리지요. 형님의 결혼식은 내일 올리세요. 나는 공작을 비롯하여 그의 부하들을 모두 초대하겠어요. 그런데 마침 나의 로절린드가 저기 오는군요.

로절린드　안녕하세요, 형님?

올리버　아, 아름다운 동생. *(올리버가 퇴장한다.)*

로절린드　아, 그리운 올랜도, 당신 가슴이 붕대로 동여매어 있는 걸 보니, 난 참으로 슬퍼요!

올랜도　붕대에 매인 건 내 팔이야.

로절린드　난 당신 가슴이 사자 발톱에 상처를 입은 줄로만 알았어요.

올랜도　내 가슴이 상처를 입긴 했지만, 그건 어떤 여인의 눈이 입힌 거야.

로절린드　당신 손수건을 보고 내가 연극삼아 기절했다는 얘기를 형님한테 들었지요?

올랜도　그래. 그리고 그보다 더 놀라운 얘기도 들었지.

로절린드　아, 무슨 얘긴지 나도 알아요. 그건 정말이에요. 그렇게 느닷없는 일이 어디 있겠어요. 두 마리 숫양의 싸움이나 '나는 왔다, 보았다, 이겼다' 라는 줄리어스 시저의 저 호언장담을 제외하면 말예요. 글쎄, 당신 형님과 내 동생은 만나자마자 마주 보고, 마주 보자마자 사랑하고, 사랑하자마자 한숨을 내쉬고, 한숨을 내쉬자마자 피차 그 까닭을 묻고, 그 까닭을 알자마자 해결책을 강구했거든요. 그리고 결혼에 이르는 그와 같은 계단을 만들어 놓고 곧장 그 계단을 올라갈 작정이지요. 그렇지 못한다면 결혼 전에 일을 저지르고 말 거예요. 두 사람은 사랑에 미치다시피 되어 있어요. 그러니 결합하게 될 거예요. 곤봉으로 때린다 해도 두 사람을 떼어 놓을 수는 없어요.

올랜도 결혼식은 내일 거행될 거야. 나는 공작을 결혼식에 초대할 작정이지. 하지만, 아, 타인의 눈을 통해 행복을 바라보는 건 얼마나 쓰라린 일인가! 내일 내가 소원을 이룬 형님의 행복을 생각하면 생각할수록 내 마음의 슬픔은 더욱 더 극도에 이를 것이 아니겠는가!

로절린드 그렇다면 내일 내가 왜 당신의 로절린드 노릇을 할 수 없겠어요?

올랜도 난 이제 상상만으로는 살 수가 없어.

로절린드 그러면 나는 쓸데없는 이야기로 당신을 더 이상 괴롭히지 않겠어요. 그러니까 명심하세요. 이건 어떤 속셈에서 지금 하는 말이지만, 내가 당신이 총명한 신사라는 걸 알고 있다는 점은 우선 인정해 주세요. 내가 당신이 그런 분이라고 안다고 해서 나의 지식을 인정해 달라는 말은 아니에요. 내 명예를 위해서가 아니라 당신에게 좋은 일 좀 해주기 위해서, 당신이 믿어주길 바라는 마음 이외에 더 큰 존경은 바라지 않아요. 그러니까 내가 이상한 힘을 가지고 있다는 걸 제발 믿어 주세요. 나는 세 살 때부터 어떤 마술사의 지도를 받아 왔는데 그는 사악한 술법이 아니라 진짜 마술에 도통한 분이지요. 당신의 거동에도 명확히 나타나는 것처럼 만일 당신이 진정으로 로절린드를 사랑한다면 당신 형님이 앨리너와 결혼할 때 난 당신도 로절린드와 결혼하게 해드리겠어요. 난 그녀가 처해 있는 역경을 알고는 있지만, 당신만 괜찮다면, 평소와 똑

로절린드 : 충실한 목동이 거기 당신을 따라갔다. 그를 존경하고 사랑하라.
그는 당신을 숭배한다.

같은 모습의 그녀를 마술에 따르는 아무런 위험도 없이 내일 당신 눈앞에 데려올 수 있거든요.

올랜도   진담으로 그런 말을 하는 건가?

로절린드   나는 내 목숨에 걸고 진담을 하고 있어요. 나는 스스로 마술사라고 고백했지만 내 목숨은 참으로 소중히 하지요. 그러니까 당신은 제일 좋은 옷으로 갈아입고 친구들도 초대하세요. 당신이 내일 결혼할 생각만 있다면, 결혼하게 해드릴게요. 물론 당신이 원한다면 로절린드와 말이에요. *(실비어스와 피비가 다가온다.)* 저걸 보세요. 나한테 반한 여자와 그 여자한테 반한 남자가 오는군요.

피비   이봐요, 당신은 제게 너무 하셨어요. 당신에게 보낸 내 편지를 남에게 보여주다니 말이에요.

로절린드   난 일부러 그렇게 한 거야. 난 고의적으로 너를 싫어하고 불친절하게 대하는 거라고. 너는 충실한 목동의 구애를 받고 있어. 그 사람을 눈여겨보고 사랑해라. 그 사람은 너를 숭배하고 있거든.

피비   이봐, 목동, 이 젊은이에게 사랑이라는 게 뭔지 좀 얘기해 줘요.

실비어스   그건 온통 한숨과 눈물로 되어 있지요. 피비에 대해서 내가 바로 그렇지요.

피비   나도 개니미드에 대해서 그래요.

올랜도   나 역시 로절린드에 대해서 그래.

로절린드   그런데 난 여자가 아닌 사람에 대해서 그렇지요.

실비어스   그리고 사랑은 온통 진심과 봉사로 돼 있습니다. 내가 피비에 대해서 바로 그렇습니다.

피비   난 개니미드에 대해서 그래요.

올랜도   난 로절린드에 대해서 그렇소.

로절린드   난 여자 아닌 사람에게 대해서 그래요.

실비어스	사랑이란 온통 환상으로, 온통 정열로, 온통 욕망으로, 온통 숭배와 의무와 존경으로, 온통 겸손으로, 온통 인내와 초조함으로, 온통 순결함으로, 온통 시련으로, 온통 복종으로 되어 있지요. 피비에 대해서 내가 바로 그렇지요.
피비	나도 개니미드에 대해서 그래요.
올랜도	나 역시 로절린드에 대해서 그래.
로절린드	그런데 난 여자가 아닌 사람에 대해서 그렇지요.
피비	*(로절린드에게)* 그렇다면 당신은 내가 당신을 사랑한다고 왜 욕을 하세요?
실비어스	*(피비에게)* 그렇다면 왜 내가 당신을 사랑해서는 안 되지?
올랜도	그렇다면 나는 왜 당신을 사랑해서는 안 되지?
로절린드	'나는 왜 당신을 사랑해서는 안 되지?' 라는 그 말은 누구에게 하는 건가요?
올랜도	이곳에는 없는 여자, 내 말이 저쪽에 들리지도 않는 여자에게 하는 거야.
로절린드	그런 말은 이제 제발 그만두세요. 그건 아일랜드의 늑대가 달을 향해 짖어대는 격이거든요. *(실비어스에게)* 난 할 수만 있다면 당신을 도와드리겠어요. *(피비에게)* 난 할 수만 있다면 너를 사랑해 줘도 좋겠지. 내일 모두 다시 나하고 만나요. *(피비에게)* 내가 여자와 결혼한다면, 너하고 결혼할 거야. 나는 내일 결혼할 테니까. *(올랜도에게)* 내가 남자를 만족시켜 줄 수 있다면, 당신을 만족시켜 드리겠어요. 내일 당신도 결혼하게 해 드리겠어요. *(실비어스에게)* 당신 마음에 드는 걸로 당신이 만족할 수 있다면, 난 당신을 만족시켜 드리겠어요. 그리고 내일 당신도 결혼하게 해드리겠어요. *(올랜도에게)* 로절린드를 사랑하는 당신도 오세요. *(실비어스*

에게) 피비를 사랑하는 당신도 와요. 여자를 아무도 사랑하지 않는 나도 갈 거예요. 그럼 모두 안녕히 가세요. 내 부탁을 잊지 말아요.

실비어스 살아 있는 한 난 잊지 않겠어요.

피비 저도요.

올랜도 나도. *(모두 퇴장한다.)*

5막 3장

숲.

🌺 터치스톤과 오드리가 들어온다.

터치스톤 내일은 즐거운 날이 아닌가, 오드리? 내일 우린 부부가 되거든.

오드리 저도 진정으로 그걸 바라고 있어요. 제 생각에 남의 아내가 되고 싶어하는 건 좋지 못한 욕심은 아닌 듯해요. 추방당한 공작의 시동 두 명이 마침 이리 오는군요.

🌺 시동 두 명이 등장한다.

시동 1 잘 만났어요, 정직한 신사여.

터치스톤	정말 잘 만났다. 자, 앉아. 앉으라고. 그리고 노래를 한 곡 불러.
시동 2	우린 당신이 하라는 대로 하지요. 가운데 앉으세요.
시동 1	그럼 곧장 시작해 볼까요? 헛기침을 하고 침을 뱉고, 또는 목이 쉬었다고 변명하는 둥, 나쁜 음성의 서두 같은 건 빼고 말예요.
시동 2	그래. 합창을 하자. 말을 같이 탄 두 명의 집시처럼 말이야.

🌸 *노래한다.*

어느 연인과 그의 처녀가 말이야.
헤이, 호, 헤이 노니노.
봄에, 단 하나의 멋진 결혼의 계절에
푸른 밀밭을 넘어 가고 있었지.
헤이 딩, 딩, 딩, 새들이 노래할 때
사랑에 빠진 애인들은 봄철을 좋아하지.

귀리 밭의 둑에 말이야.
헤이, 호, 헤이 노니노.
봄에, 단 하나의 멋진 결혼의 계절에
이 멋진 시골사람들이 누웠을 테지.
헤이 딩, 딩, 딩, 새들이 노래할 때
사랑에 빠진 애인들은 봄철을 좋아하지.

그때 그들은 이 노래를 불렀지.
헤이, 호, 헤이 노니노.
봄에, 단 하나의 멋진 결혼의 계절에

인생이란 한 송이 꽃에 불과하지.

헤이 딩, 딩, 딩, 새들이 노래할 때

사랑에 빠진 애인들은 봄철을 좋아하지.

그러므로 바로 지금의 시간을 잡아라.

헤이, 호, 헤이 노니노.

봄에, 단 하나의 멋진 결혼의 계절에

사랑이란 한창 무르익어 있으니까.

헤이 딩, 딩, 딩, 새들이 노래할 때

사랑에 빠진 애인들은 봄철을 좋아하지.

터치스톤 이봐, 젊은 친구들, 별 의미도 없는 노래인데다가 장단까지 아주 글러 먹었어.

시동 1 잘못 들으신 거예요. 우린 장단을 맞췄어요. 장단이 글러 먹진 않았다고요.

터치스톤 그렇지 않다니까 그래. 이따위 바보 같은 노래를 듣는 건 시간 낭비밖에 안 돼. 그럼 가 봐. 하느님께 너희 목소리를 고쳐 달라고 해라! 이리 와, 오드리. *(모두 퇴장한다.)*

   🌸 *하룻밤이 지난다.*

5막 4장

양 우리 근처의 빈터.

🌿 *추방당한 옛 공작, 에이미엔즈, 제익퀴즈, 올랜도, 올리버, 실리어가 등장한다.*

옛 공작　이봐, 올랜도, 넌 그 소년이 약속한 대로 모두 해낼 수 있으리라 믿나?

올랜도　어떤 때는 믿고 어떤 때는 믿지 않아요. 믿으면서도 두렵지요. 그 두려움을 자기도 알고 있는 사람 같이 말이에요.

🌿 *로절린드, 실비어스, 피비가 등장하여 모든 사람과 합류한다.*

로절린드　한 번만 더 참아 주세요. 약속을 다시 다짐해야 하겠으니까. *(공작에게)* 만일 제가 로절린드 공주를 데려온다면 공작께서는 공주를 여기 있는 이 올랜도에게 주겠다고 하셨지요?

옛 공작　물론이지. 공주와 더불어 줄 여러 왕국을 내가 가졌다 해도 말이야.

로절린드　*(올랜도에게)* 그리고 당신은, 내가 그녀를 데려온다면 당신 아내로 삼겠다고 했지요?

올랜도　그래. 내가 모든 왕국의 왕이라 해도 말이야.

로절린드　*(피비에게)* 그리고 넌 나만 응한다면 나와 결혼하겠다고 했지?

피비　그렇게 하겠어요. 결혼하고 한 시간이 지나 제가 죽는 한이 있더라도 말이에요.

로절린드 하지만 네가 나하고 결혼하기를 거절하는 경우에는 이 성실한 목동에게 시집가겠다고 했지?

피비 예, 그건 약속이었어요.

로절린드 *(실비어스에게)* 그리고 당신은 피비만 승낙하면 피비를 아내로 맞겠다고 했지요?

실비어스 예. 피비를 아내로 맞는 것과 죽음이 같은 것이라 해도 말이에요.

로절린드 나는 이 모든 일을 원만히 해결하겠다고 약속했어요. 아, 공작께서는 딸을 내어주겠다는 약속을 지키세요. 올랜도는 공주를 아내로 맞겠다는 약속을, 그리고 피비는 나와 결혼할 계획이나 만일 나를 거절하게 될 경우에는 이 목동과 결혼하겠다는 약속을 지키세요. 그리고 피비가 날 거절할 경우에 실비어스는 피비와 결혼하겠다는 약속을 지켜야 해요. 그런데 나는 이 수수께끼들을 모두 풀기 위해 어디 좀 다녀와야겠어요. *(실리어를 불러내서 두 사람이 퇴장한다.)*

옛 공작 돌이켜 생각해 보니 저 목동 아이가 어쩐지 내 딸과 꼭 닮은 것만 같아.

올랜도 공작 전하, 저도 처음 봤을 때에는 저 목동이 공주의 오빠인 줄 알았지요. 하지만 공작 전하, 저 소년은 숲속에서 태어나 자기 숙부 밑에서 여러 가지 마술의 기초를 공부했다고 하며, 자기 숙부는 이 숲 속에 숨어 사는 굉장한 마술사라고 하지요.

🌺 *터치스톤과 오드리가 빈터로 들어온다.*

제익퀴즈 제 2의 대홍수가 분명히 또 닥쳐서 저 한 쌍도 노아의 방주에 편승

오드리와 터치스톤으로 분장한
빅토리아 시대 배우들

할 모양이군. 참으로 기이한 짐승 한 쌍이 이리로 오고 있어. 저건
어떤 나라 말로나 '바보' 라고 하는 것들이란 말이야.

터치스톤 여러분 모두에게 삼가 인사드립니다!

제익퀴즈 공작 전하, 이 사람을 환영해 주세요. 제가 숲에서 자주 만났던 작
자인데, 마음마저도 바보의 얼룩 옷을 입고 있지요. 자기 말로는
궁중에서 벼슬도 지냈다고 해요.

터치스톤 그걸 의심하는 분은 나에게 어떠한 고문을 해봐도 좋아요. 저는
궁중의 춤도 추어보았지요. 귀부인에게 구애도 해보았고요. 친구
에게 술책도 써보았고, 적과 원만히 지내기도 했지요. 재단사를
세 명이나 파산시켰으며 네 번이나 싸움을 일으키고, 한 번은 결
투까지 할 뻔했지요.

제익퀴즈	그런데 결투는 어떻게 화해를 했지요?
터치스톤	글쎄, 우린 마주 서고 나서 그 결투가 제 7조의 원인에 근거하고 있다는 걸 발견했거든요.
제익퀴즈	제 7조의 원인이라니? 공작 전하, 이 사람은 재미있는 친구지요?
옛 공작	참으로 재미있는 친구야.
터치스톤	감사합니다. 나도 그와 같이 생각해 두겠어요. 내가 서둘러서 여기 온 것은 시골 결혼식에 한 몫 끼어서 결혼하고 싶을 때 결혼의 맹세를 하고, 그리고 나중에 변덕이 나면 그 맹세를 깨뜨리기 위해서지요. *(오드리를 손짓해서 부르며)* 불쌍하고 못생긴 처녀지만, 나의 소유물이지요. 아무도 차지하려고 하지 않는 계집에게 내가 손을 댔지만, 이것 역시 나의 하찮은 기분이지요. 정숙한 여자는 구두쇠처럼 초라한 집에 살고 있거든요. 글쎄, 진주가 껍질이 더러운 굴속에 들어 있는 것처럼 말이에요.
옛 공작	사실 이 친구는 여간 날쌔고 재치 있는 말솜씨가 아니로군.
터치스톤	글쎄, 바보의 화살이 날쌔다는 둥, 귀에는 달콤한 엉터리 문구도 있으니까요.
제익퀴즈	하지만 그 제 7조의 원인 말인데, 제 7조에 근거한 결투라는 건 어떻게 알았지요?
터치스톤	그건 일곱 번째 것의 직적까지 식언(食言)에 근거하고 있으니까요. 이봐, 오드리, 몸을 좀 더 단정하게 가지라고. 그건 이렇지요. 내가 어떤 벼슬아치의 턱수염 모양이 마음에 들지 않아서 그의 턱수염이 제대로 가꾸어지지 않았다고 말했다고 합시다. 그러면 그 자는 자기 수염 모양이 내 마음에는 들지 않겠지만 자기에게는 상관없다고 말하지요. 이건 예의적 대꾸라는 겁니다. 만일 내가 "그건 모양이 흉하다"고 말한다면, 그 자는 자기 마음에 들도록 깎은

것이라고 대답하지요. 이건 점잖게 반박하는 경구(警句)지요. 내가 한 번 더 "그건 모양이 흉하다"고 말한다면, 그 자는 나의 판단을 의심하겠지요. 이건 상스러운 대답이지요. 다시 또 내가 "그건 모양이 흉하다"고 말한다면, 그 자는 내가 거짓말쟁이라고 하겠지요. 이건 도전적인 반박이지요. 이렇게 해서 그 다음은 간접적 식언과 직접적 식언의 차례지요.

제익퀴즈   그래, 당신은 그 사람의 수염 모양이 흉하다고 몇 번이나 말했지요?

터치스톤   난 감히 간접적 식언의 선을 넘어서지 못했고, 상대방도 감히 직접적 식언의 반발적 선을 넘어오지는 못했지요. 그래서 우린 칼의 길이를 맞춰 보았을 뿐, 헤어졌지요.

제익퀴즈   이봐요, 그 식언의 단계를 한 번 더 순서대로 말해 줄 수는 없겠어요?

터치스톤   그야 우린 일일이 교본에 따라 결투하거든요. 이건 당신들이 예의범절의 책을 가지고 있는 것과 마찬가지지요. 단계를 말씀해 드리지요. 제1, 예의적인 답변. 제2, 점잖게 반박하는 경구. 제3, 상스러운 대답. 제4, 맹렬한 비난. 제5, 도전적인 반박. 제6, 간접적 식언. 제7, 직접적 식언. 제7 단계 이외의 경우는 회피할 길이 있지요. 제7의 경우도 물론, '만약에'란 말만 붙어 있다면 회피 할 수 있어요. 내가 알고 있지만, 일곱 명의 법관도 화해시키지 못한 결투를 당사자끼리 만나서, 그중 한쪽이 다만 '만약에' 하고 생각하여, "만약에 당신이 그렇게 말했더라면, 난 이렇게 말했을 것이오"라고 말하자 두 사람은 악수를 하고, 결의형제의 맹세를 했지요. 그 '만약에'란 말은 유일한 중재자지요. 그 '만약에' 속에는 굉장한 힘이 있거든요.

로절린드 : 나는 당신의 것입니다.
_ 윌리엄 해밀턴 작

제익퀴즈　　이 자는 참으로 보기 드문 사람이 아니겠어요, 공작 전하? 만사에
　　　　　　이렇게 그럴 듯한 작자이긴 하지만, 역시 바보는 바보지요!

옛 공작　　자기의 이런 허튼 소리를 사냥꾼의 도롱이 위장 말 대용품으로 삼
　　　　　　고 위장 말 뒤에 숨어서 풍자를 마구 쏘아대는군.

　　　　❧ 혼례의 신 하이멘 Hymen의 가면을 쓴 남자와 그 일행이 본래
　　　　의 차림을 한 로절린드, 그리고 실리어와 함께 등장한다. 조용
　　　　한 음악이 흐른다.

하이멘　　　　*(노래한다.)*
　　　　　　　　지상의 모든 일들이
　　　　　　　　화해로 원만하게 풀리면

그때 천상에는 기쁨이 넘친다.

선량한 공작이여, 딸을 받아들여라.

하이멘이 그녀를 하늘에서 데려왔으니,

그렇다, 여기 데려왔으니 말이다.

그녀의 손이 저 남자의 손을 잡게 하라.

저 남자의 마음은 당신 딸의 가슴속에 들어 있으니.

로절린드   *(공작에게)* 저를 바치겠어요, 저는 아버님의 것이니까요. *(올랜도에게)* 저를 바치겠어요, 저는 당신 것이니까요.

옛 공작   내 눈이 제대로 본다면, 너는 내 딸이야.

올랜도   내 눈이 제대로 본다면, 당신은 나의 로절린드요.

피 비   내 눈에 보이는 모습이 사실이라면, 아, 내 사랑은 영영 사라져버렸어요!

로절린드   *(공작에게)* 당신이 저의 아버님이 아니시라면, 전 아버지가 없어요. *(피비에게)* 네가 나의 상대방 여자가 아니라면 난 어떤 여자하고도 결혼하지 않겠어.

하이멘   쉿! 쉿! 조용히들 해요.

나는 이제 이 이상한 사건들에 대해

결말을 지어야만 하겠어요.

여기 이 여덟 명은 하이멘의 연분 때문에

손을 마주잡게 된 것이지요.

진정에 거짓이 없다면 말이에요.

(올랜도와 로절린드에게)

어떠한 불행도 당신과 당신을 떼어놓지 못할 거요.

(올리버와 실리어에게)

당신과 당신은 마음이 하나요.

(피비에게)

당신은 저분의 사랑을 따라야만 해요.

그렇지 않으면 여자를 남편으로 섬겨야지요.

(터치스톤과 오드리에게)

겨울철과 나쁜 날씨처럼

당신과 당신은 굳게 결합하세요.

우리가 결혼의 축가를 부르고 있는 동안

당신들은 서로 물어서,

이렇게 만나고 이렇게 된

까닭에 대한 의심을 풀어버리세요.

🌸 노래 *(합창한다.)*

결혼은 위대한 주노 Juno 여신의 영광이다.

오, 함께 먹고 함께 자는 행복한 인연이여!

마을마다 사람들을 늘게 하는 건 하이멘이다.

그러므로 성스러운 결혼을 찬미하라.

모든 마을의 신 하이멘을 찬미하라.

높이 찬미하고 또 찬미하라!

| 옛 공작 | 아, 내 조카딸아, 참으로 잘 왔다! 나는 내 딸 못지않게 너를 환영한다. |
| 피비 | *(실비어스에게)* 이제 당신이 나의 남편이 되었으니 나는 약속을 어기지 않겠어요. 당신의 진정이 나의 사랑을 당신에게 맺어 놓았어요 |

로절린드로 분장한 레헌 Ada Rehan

🦋 *제익퀴즈 드 보이스가 등장한다.*

제익퀴즈 드　한두 마디 알려 드릴 말씀이 있어요. 저는 고 로울런드 경의 차남
보이스　되는 사람인데, 이 아름다운 모임에 소식을 전하려고 왔지요. 프
　　　　레드릭 공작은 유능한 인재들이 날마다 이 숲에 모여든다는 소문
　　　　을 듣고는 대군을 동원한 뒤 몸소 인솔하여, 자기 형을 체포해서
　　　　목을 벨 목적으로 이 황량한 숲의 변두리까지 찾아왔었지요. 하지
　　　　만 그곳에서 어떤 늙은 수도자를 만나 몇 가지 문답을 한 끝에 회
　　　　개하고 위와 같은 계획과 속세를 동시에 버릴 결심을 했지요. 공

작의 왕관을 추방당한 자기 형에게 양도하고, 자기 형을 따라 망명한 사람들의 몰수된 토지는 모두 다시 돌려주기로 했거든요. 제 목숨을 걸고 맹세하지만 이건 사실입니다.

옛 공작 잘 왔어, 젊은이. 너는 네 형제들의 결혼식에 좋은 선물을 가져온 거야. 한 형제에게는 몰수당한 그의 토지를, 그리고 다른 형제에게는 나의 영토의 전부, 즉 당당한 공국을 선물로 가져왔거든. 우선 우리는 이 숲 속에서 좋은 열매를 맺는 일의 결말을 짓자. 그런 다음, 나와 더불어 밤낮으로 쓰라린 세월을 참고 견디어온 이곳 사람들은 나에게 되돌아온 행운의 혜택을 각자의 신분에 따라 나누어 받을 것이다. 그러나 잠시 동안만이라도 이렇게 뜻밖에 찾아온 권세는 잊어버리고, 우리 전원의 환락을 같이 즐기기로 하자. 자, 음악을 연주하라! 그리고 신랑신부들은 모두 기쁨에 넘치는 춤을 덩실덩실 추어라.

제익퀴즈 공작 전하, 잠깐만 기다리세요. *(음악이 멈추는 것을 기다려서 제익퀴즈 드 보이스에게)* 내 귀가 틀림없이 제대로 들었다면, 프레드릭 공작이 수도 생활로 들어가고 호화로운 궁궐은 포기했다는데 사실인가요?

제익퀴즈 드 보이스 사실이지요.

제익퀴즈 나는 그분을 따라갈 거요. 그렇게 개심을 한 분한테서는 듣고 배울 게 많으니까요. *(옛 공작에게)* 저는 공작 전하를 예전의 영광에 맡기겠어요. 전하의 인애와 덕행은 그만한 가치가 있거든요. *(올랜도에게)* 당신은 당신이 진정으로 획득한 애인에게 맡기겠어요. *(올리버에게)* 당신은 당신 토지와 애인과 훌륭한 동료들에게 맡기겠어요. *(실비어스에게)* 당신은 당신이 꾸준히 찾아서 얻은 반려자에게 맡기겠어요. *(터치스톤에게)* 그리고 당신은 입씨름에 맡기겠어요. 당신 사랑의 항해는 겨우 두 달을 지탱할 식량밖에는 없을 테니까요. 그러면 여러분, 재미 많이 보세요. 나는 춤추는 게 적성에 맞지 않거든요.

옛 공작   가만히 있어, 제익퀴즈. 가만히 있으라고.

제익퀴즈   저는 오락을 구경하고 싶지 않아요. 저는 공작님께서 버리고 가시는 동굴에 남아서 앞으로 공작님의 소식을 전해 듣기로 하겠어요. (모든 사람에게 등을 돌리고 퇴장한다.)

옛 공작   자, 자, 결혼 예식을 시작하라. 결혼식은 틀림없이 참으로 즐겁게 끝날 게다. (음악이 흐르고 사람들은 춤을 춘다.)

간판 아래 숲을 표시한 포도주 상인

🌸 끝 맺음말

로절린드   *(소녀 배우로 분장해 있다.)* 여자가 끝 맺음말을 하는 것은 격식에
어긋나는 일이지만 남자가 머리말을 하는 것보다 그리 흉할 것도
없지요. 좋은 포도주는 나뭇가지로 장식한 간판이 필요 없다는 말
이 맞는다면, 좋은 연극은 끝 맺음말이 필요 없다는 말도 맞지요.
하지만 좋은 포도주를 선전하려고 사람들이 간판에 좋은 나뭇가
지를 사용하는 것과 마찬가지로 좋은 연극도 좋은 끝 맺음말의 도
움을 받으면 더욱 빛날 게 아니겠어요? 그러면 저는 어떻게 해야
좋을까요? 좋은 끝 맺음말을 하지도 못하고, 좋은 연극으로 보이

기 위해 여러분의 호감을 살 수단도 없으니 말이에요! 저는 거지
꼴은 하고 있지 않아서 애걸하는 건 어울리지도 않아요. 저로서는
여러분에게 간청할까 해요. 그래서 여자들에게 먼저 간청하겠어
요. 아, 숙녀 여러분, 저는 남자들에 대한 여러분의 사랑에 호소하
는데, 이 연극이 여러분의 마음에 든다면 이 연극을 마음껏 애호
해 주세요. 다음은, 아, 신사 여러분, 저는 여자들에 대한 여러분의
애정에 호소하는데, 그건 여러분의 선웃음으로 보아 여러분 가운
데 아무도 여자를 미워하지 않는다고 깨닫기 때문이지요. 그러니
까 여러분은 부인들과 함께 이 연극을 애호해 주세요. 제가 진짜
여자라면, 제 마음에 드는 턱수염을 기르신 분들에게, 그리고 제

연인 _ J. A. 애트킨슨 작

가 좋아하는 용모를 구비하신 분들과 제가 싫어하지 않는 입김을
내뿜는 분들에게 빠짐없이 키스를 해드리고 싶어요. 그러니까 멋
진 턱수염을 기르신 분들이나 좋은 용모를 구비하신 분들이나 또
는 향긋한 입김을 내뿜는 분들은 빠짐없이, 저의 점잖은 마음씨에
대해, 제가 절하고 나갈 때 반드시 박수갈채를 보내 주실 것이라
고 저는 확신해요. *(퇴장한다.)*

셰익스피어 인물 소개

셰익스피어의 생애

　　우리가 알고 있는 셰익스피어의 생애는 그의
작품 세계와도 일치한다. 현실적 사고방식에 근거한 그의 천재적인 상상은 낭
만적인 환상보다 월등히 높은 차원을 날고 있다. 일리저베드 시대의 전기관(傳
記觀)으로 보든지, 또는 당시 극작가의 미천한 사회적 위치라는 점에서 보든
지, 셰익스피어는 비교적 놀라울 만큼 풍부한 전기의 자료를 남겨두고 있다.
첫째 교회나 관공서, 궁정 등에 남아 있는 기록, 둘째 동시대인들이 셰익스피
어에 대해서 언급한 기록, 셋째 지금까지 전해져 내려온 전설 등이다. 하지만
무엇보다도 그의 작품이 가장 주요한 자료가 될 것이다. 이것은 다른 작가들의
경우처럼 작품 안에 자서전적인 요소가 들어있다는 뜻이 아니라, 그의 작품 전
체를 일관하여 흐르고 있는 셰익스피어의 정신. 또는 그의 내면적인 상(橡)을
작품에서 가장 잘 나타내고 있다는 뜻이다.

　윌리엄 셰익스피어는 1564년 4월 26일 스트래트퍼드 온에이븐 교회에서 세례를 받았다. 당시 세례에 얽힌 사항들로 미루어 볼 때 그의 탄생 날짜는 23일로 추측되고 있다. 그의 죽음의 날짜 또한 공교롭게도 1616년 4월 23일이었다. 그의 아버지 존 셰익스피어는 다른 고장에서 이사를 와서 이 고장에서 잡화상, 푸주, 양모상 등을 경영하여 부유해졌다. 사회적 지위도 시의 재무관과 시장까지 지낸 바 있었다. 그의 아버지는 부(富)와 출세를 겸한 인물로, 슬하에 자녀를 여덟 명이나 두었다. 그 셋째가 윌리엄 셰익스피어이다. 그의 교육과정은 고장 그래머 스쿨을 채 끝마치지 못한 채 오학년 과정에서 중퇴했다고 추측하고 있다. 셰익스피어가 그래머 스쿨조차 모두 마치지 못한 이유는 집안 형편이 어려워 진 탓으로 본다. 시인 벤 존슨은 후일 셰익스피어를 가리켜 '라틴어를 겨우 조금 알고, 그리스어는 거의 모르는 사람' 이라고 평한 바 있다. 그러나 셰익스피어는 문법학교에서 익힌 라틴어를 토대로 라틴의 고전들을 충분히 읽어낼 만큼 총명하고 민첩한 두뇌의 소유자였다.

　셰익스피어의 아버지 존은 시장 시절에 서명(署名)을 클로버 잎으로 대신했다고 한다. 그것은 그가 무학(無學)이었던 탓이라고 보는 학자들도 있지만, 아무튼 그의 경력은 여러 가지로 드라마틱하다. 그의 가문의 쇠퇴는 당시 국내의 격동하는 정치 정세 때문일 것이라는 설이 있다. 존은 경건한 가톨릭 신자였다. 그러던 것이 헨리 8세가 성공회(聖公會)를 내세워 종교개혁을 하는 바람에 가톨릭교도는 타격을 받지 않을 수 없게 되었다. 아마 가정의 이러한 몰락에 자극받아 출세를 위해 셰익스피어는 런던으로 상경했을지도 모른다. 이러한 이유로 부모의 신앙과 관련하여 셰익스피어 개인의 신앙은 과연 가톨릭이었겠느냐, 신교이었겠느냐, 무신론자였겠느냐 하는 논쟁이 자연히 열을 띠게 되었다.

이 고장에는 대학에 진학한 자제들이며 대학 출신의 지식인들도 상당수 있었다. 셰익스피어는 문법학교를 중퇴하게 되자, 어느 변호사의 법률 사무소 서기로 취직했다고 보는 견해가 있다. 머리가 명석한 셰익스피어는 아마 이 서기 시절에 법률 서적을 맹렬히 읽었을 것이다. 예민한 관찰력과 정확한 판단력을 가지고 그는 인위적인 법률의 부조리를 간파했을는지도 모른다. 후일 그의 사극이나 비극에서 전개되는 권력 투쟁의 세계는 이미 이 무렵부터 어렴풋이 그의 뇌리에 어른거렸을는지도 모른다. ≪헨리 6세≫ 제2부에서 재크 케이드 일당의 폭도들은 "법률가를 죽여 버려라!'고 외친다. 이 시골 도시의 장서를 가지고는 셰익스피어의 독서열은 도저히 충족될 수 없는 일이었겠지만, 그래도 그는 ≪성서≫, 홀린세드의 ≪사기(史記)≫, ≪오비드≫ 등의 라틴 고전 문학에 접할 수 있었을 것이다. 셰익스피어는 한 번 읽은 것은 차곡차곡 뇌리에 축적해 두었다가 필요할 때는 누에가 실을 뽑아내듯이 독서에서 얻은 지식을 언제든지 재생해낼 수 있는 비상한 머리를 가진 사람이었다.

❧ 결혼생활

셰익스피어는 1582년 11월 28일 스트래트퍼드의 서쪽 약 1마일 지점에 있는 쇼터리 마을의 지체 있는 한 부농(富農)의 딸인 앤 해서웨이와 결혼했다. 그때 그는 열여덟 살, 신부는 여덟 살 위인 스물여섯이었다. 결혼한 지 5개월 후인 1583년 5월 23일에 큰딸 스잔나가 태어났고, 1585년 2월에는 쌍둥이가 태어났다. 장남 함네트와 둘째 딸 주디스다. 셰익스피어의 결혼생활에 대한 기록은 여기서 일단 중단되어 있다. 셰익스피어의 결혼에 대해서는 논쟁이 분분하지만 이들 부부의 결혼생활은 부자연스럽기보다도 자연스러운 듯싶다. 대개 젊은 청년이 연상의 여성을 사랑할 때 불행으로 끝나게 마련이지만 이 결혼은 성

취된 것이다. 로미오와 줄리엣의 경우처럼 풋내기 젊은 남녀의 불꽃이나 유성 같이 눈 깜박할 사이에 사라져 버리고 마는 사랑이 오히려 부자연스러운지도 모른다. 로미오와 줄리엣의 사랑은 셰익스피어와 앤과의 현실적인 사랑의 역설인지도 모른다. 대개 남성은 그 심층 심리에 모성에 대한 영원한 동경을 간직하고 있다고 한다. 햄릿의 경우가 아마 그러하다 하겠다. 예술적인 천재를 지닌 셰익스피어는 이 본능에 있어서 또한 남달리 강렬했음을 보여 주고 있다. 셰익스피어의 결혼생활이 불행했으리라고 논증하는 학자들이 더러 있지만, 반드시 그렇지만은 않았을 것이다.

그후 1592년, 당시의 대(大)극작가 로버트 그린이 한 푼 없이 비참하게 여인숙에서 죽어 가면서 동료에게 보낸 서한에 다음과 같은 구절이 있다. '우리의 깃으로 단장을 한 한 마리의 까마귀 새끼가 벼락출세를 해가지고, 당신네들 누구에 못지않게 무운시(無韻詩)를 잘할 수 있다고 망상하고 있다. 그뿐 아니라 그자는 온통 자기만이 천하를 셰익 신(振動 shake-scene)케 하고 있는 듯 몽상하고 있다.' 이 구절 중 천하를 진동시킨다는 뜻으로 쓰여진 셰익 신은 셰익스피어의 이름자와 관련된 풍자인 것으로 해석되고 있다. 이 글은 갑자기 런던에 혜성같이 나타나서 연극계를 주름잡기 시작한 초기 셰익스피어의 모습이 엿보이지만, 그는 이렇듯 런던에서 비우호적으로 받아들여졌던 것이다.

그러면 고향에서 기록이 중단된 후, 그린의 이 서한이 나오기까지 약 7년간 그는 대체 어디서 무엇을 했을까? 여기서는 각가지 전설적인 얘기며 추측 등이 전해져 내려오고 있다. 스트래트퍼드의 귀족 루시 경의 숲에서 밀렵(密獵)한 죄로 벌을 받자 셰익스피어는 루시 경을 풍자하는 시구의 방(榜)을 내 붙였다가 끝내는 고향에 있지 못하게 되었다든가, 잠시 이웃 마을의 어느 귀족의 집에서 가정교사를 했을 것이라든가, 이 고장에 찾아온 순회공연 극단을 따라 런던으로 상경했으리라든가….

런던의 연극계에 발을 들여 놓은 셰익스피어는 직책의 선택 여부가 있을 수 없었다. 그는 우선 〈레스터 백작 소속 극단〉에 취직하여 처음에는 관객이 타고 온 말을 보관하는 말지기 역할을 맡아 보았다. 《맥베드》에서 밤중 문지기의 훌륭한 대사는 이 시절의 생생한 체험이었는지도 모른다. 그러나 이 무렵 그는 직책은 비록 말지기였으나 극단의 일원으로 가끔 극에 관여할 기회가 있었다. 그는 그런 기회를 잘 이용하여 재능을 인정받아 배우로 등용되었다. 그러나 배우로서의 셰익스피어는 그리 뛰어나지 못했던 것 같다. 후일에도 《햄릿》의 유령 역이나 《뜻대로 하세요》의 애덤 노인 역 등 단역으로 출연했다고 전해진다.

셰익스피어는 극단 전속 작가가 되었다. 당시 극단 전속 작가란 대개 타인의 인기 있는 작품을 개작이나 하는 직책이었다. 일종의 표절이었다. 그러나 당시에는 표절판이 가능할 정도로 판권이 보장되어 있지 않았기 때문에, 타인의 작품을 아무런 구애도 없이 어떠한 형태로든지 개작할 수 있었다.

런던에 상경한 셰익스피어는 〈레스터 백작 소속 극단〉에 발을 들여놓은 후로 이윽고 〈스트레인지 남작 소속 극단〉, 〈궁내 대신 소속 극단〉, 〈국왕 소속 극단〉 등의 일원으로 '극장(劇場 The Theatre)'에서 활동하게 된다. 극장은 런던 시 외곽 북쪽 변두리에 1576년에 세워진 건물이다. 셰익스피어가 소속한 극단은 1599년부터 런던 시의 남쪽 템즈강 건너에 세워진 〈글로브 극장〉에서 활동하게 된다.

그린의 비우호적인 1592년의 기록과는 달리, 1598년 프랜시스 미어즈라는 젊은 학자는 《지식의 보고(寶庫)》라는 책자에서 셰익스피어의 몇몇 극을 관람한 사실을 들어 격찬을 아끼지 않고 있다. 그가 관람했다는 극 중에는 다음 작품들이 열거되어 있다. 《베로나의 두 신사》, 《착오 희극》, 《사랑의 헛수고》, 《사랑의 수고의 보람(이것은 셰익스피어의 어느 극을 두고 말한 것인지 알수 없다)》, 《한여름 밤의 꿈》, 《베니스의 상인》, 《리처드 2세》, 《리처드 3세》, 《헨리 4세》, 《존 왕》, 《타이터스 앤드로니커스》, 《로미오와 줄리엣》 등. 이 기록으로 보아 셰익스피어는 초기에 이미 사극, 희극, 비극에 모조리 손을 댄 것이 된다.

그가 최초로 제작한 사극 《헨리 6세》 제 1, 2, 3부(1590~1592)와 《리처드 3세》(1592~1593), 이 네 편의 사극은 하나의 체계를 이루고, 왕권을 에워싼 귀족들의 갈등에 의한 질서와 무질서의 대립이 빚어내는 국가의 혼란과 불안, 권불십년(權不十年), 인과응보 등의 외적인 양상이 추구되고 있다. 이 시기의 단한 편의 비극인 《타이터스 앤드로니커스》(1593~1594)는 당시 유행이던 유혈복수의 비극에 있어서도 토머스 키드와 같은 선배 극작가의 '스페인 비극'을 능가하고 있음을 실증해 주고 있다.

이 습작기에 셰익스피어는 희극에 있어서도 솜씨를 발휘하기 시작했다. 《착오 희극》 (1592~1593)을 비롯하여 《말괄량이 길들이기》(1593~1594), 《베로나의 두 신사》(1594~1595), 《사랑의 헛수고》(1594~1595) 등이 그것들이다. 이 초기 희극들은 현실 세계와 낭만 세계를 차례로 전개시켜 본 희극들이다. 이 두 개의 세계는 교체성장(交替成長)하여 다음 시기의 《한여름 밤의 꿈》 (1595~1596)을 계기로 완전히 융합되어, 제 2기의 로맨틱 코미디(浪漫喜劇)라는 새로운 희극이 탄생하게 된다.

이 무렵 또한 그는 장편의 이야기 시 《비너스와 아도니스》(1593년 출판)와 《루크리스의 능욕》(1594년 출판)을 이미 친밀히 교제하게 된 유력한 귀족 청년 사우샘턴 백작에게 바친 바 있다. 그의 《소네프 집(集)》 또한 이 무렵에 쓰여 진 듯하다. 그의 습작기는 동갑인 말로 Marlowe의 영향을 받았다. 그러나 그의 희극들의 탄생으로 그는 이미 말로의 영역을 초월하게 되었다. 만인(萬人)의 마음을 가진 셰익스피어는 고귀한 정신의 상승과 몰락의 묘사에 그치지 않았으며, 컴컴한 고독이나 비극만을 추구하지도 않았다. 그는 인생의 즐거운 면에도 주목했다. 초기의 희극들은 벌써 인생의 밝은 면, 즐거운 면에 눈길을 돌린 증거이다.

셰익스피어의 습작기가 끝날 무렵에 그의 선배 작가이자 경쟁 작가들인 '대학재파(大學才派)'의 극작가들은 그린(1592년)이나 키드(1594년) 같이 빈곤 속에 비참하게 세상을 떠나거나 또는 말로(1593년) 같이 정치 음모로 암살되는 등, 그 밖의 대학재파들도 모두 비참하게 연극계를 떠나게 되었다. 오늘 날 문학사에 남은 대학재파들은 7~8명밖에 안되지만, 당시 실제 활동한 대학재파들은 20명 전후가 되지 않았나 싶다. 그들은 모두 셰익스피어에게 호의를 갖지 않은 경쟁 작가들이다. 그것은 셰익스피어가 굉장히 많은 수나 양을 나타내는 것의 이미지로 20(Twenty)을 사용하고 있는데, 이 20이란 숫자의 이미지는 그의 전 작품을 통해 150회나 사용되고 있다. 이와 같은 이미지는 그의 20명의 경쟁 작가가 무한히 많은 숫자로 여겨진 데서 온 것인지도 모른다.

🍀 발전기

셰익스피어는 제 2기에 접어들면서 그의 집념이었던 비극을 시도하였다. 그의 최대 관심인 사랑을 주제로 한 ≪로미오와 줄리엣≫(1594~1595)이 그것이다. 그러나 이 극은 아직 그의 역량을 가지고는 성격 창조에까지 미치지는 못하고 그 아름다운 서정성에도 불구하고 한낱 운명 비극으로 그친다. 그의 이 시기는 사극의 체계가 매듭지어지고, 로맨틱 코미디가 완성된 시기이기도 하다.

이와 같은 보람찬 작품 제작과 더불어 그의 주변 또한 활발한 양상을 보여 준다. 기록에 의하면, 당시 런던에서는 매년 되풀이되다시피 여름철에는 전염병이 창궐했다고 한다. 당시 런던은 인구 20만 내외의 도시였는데, 그런 전염병이 한 번 휩쓰는 날이면 인구의 십 분의 일이 죽어 없어질 정도로 전염병은 위세를 떨쳤다고 한다. 전염병이 창궐하면, 그렇잖아도 우범지대로 여겨지던 극장이었으니까, 극장은 폐쇄되고 극단은 지방 순회공연에 나섰다. 우리는 ≪햄릿≫에서 그런 지방 순회 극단의 경우를 볼 수 있다. 셰익스피어가 소속한 극단은 비교적 큰 극단이었기 때문에 전속 극작가인 셰익스피어는 지방 순회에 동행하지 않고 전염병을 피하여 고향에 돌아가 있었으리라고 생각된다.

셰익스피어가 발전기인 제 2기에 사극의 체계를 매듭짓고 낭만 희극을 완성했음은 앞에서 밝힌 바와 같다. ≪리처드 2세≫(1595~1596), ≪헨리 4세≫ 제 1, 2부(1597~1598), ≪헨리 5세≫(1598~1599), 이 네 편의 사극은 셰익스피어의 이른바 제 2군(群)의 사극으로 제 1군의 사극과 마찬가지로 질서와 무질서의 대결이 전개된다. 제 1군의 사극에서 벌어지는 장미 전쟁의 치욕적인 역사의 원인으로 파악되고 있다.

군왕의 자질이 결여된 리처드 2세는 권모 술수가이자 기회주의자인 그의 사촌 헨리 볼링블루크에 의해 왕위를 찬탈 당한다. 헨리 볼링브루크는 왕위를 찬탈하여 헨리 4세가 된다. 헨리 4세는 왕위를 불법적으로 탈권한 죄의식에 일생을 두고 정신적으로 시달림을 받으며 내란은 끊이지 않는다. 그의 아들 헨리 5세는 내란을 수습하고 프랑스로 출정하여 애진코트의 대승리로 국위를 선양한다. 그러나 그는 요절하고 만다. 그의 아들 헨리 6세가 기저귀를 찬 갓난아이로 등극한다. 헨리 6세 시대에 장미 전쟁이 벌어져서 국가는 아비규환의 수라장으로 변하고 삼십여 년간 국민은 지옥의 고통에 시달린다.

이와 같은 혼란과 혼돈은 제 2군의 사극에서 헨리 4세가 리처드 2세의 정당한 왕권을 불법적으로 찬탈한 데에 기인한 것이라는 인과응보의 인식인 것이다. 제 1군의 사극과 제 2군의 사극을 통하여, 셰익스피어는 무질서의 이면에 영원한 질서와 평화의 존재를 깊이 인식하고 있는 것이다. 우리는 셰익스피어를 르

네상스적 낭만 정신의 기수로 알고 있다. 그러나 한편 그는 그의 사극에서 보여주고 있다시피 중세기의 전통적인 질서 개념을 그의 정신의 밑바닥에 가지고 있었다. 이것 역시 그의 이중 영상, 이원성이라고 하겠다. 이 시기의 ≪존 왕≫(1596)은 8편의 사극과 커다란 질서 체계와는 무관한 고립된 사극이다.

이 시기에 꿈의 세계와 현실을 비로소 완전히 융합시킨 낭만 희극들이 쏟아져 나오게 되는데, 그 첫 낭만 희극 ≪한 여름 밤의 꿈≫은 어떤 귀족의 결혼 축하연을 위해 제작된 것이 분명하다. 셰익스피어의 극이 그의 소속 극단에 의해 일리저베드 여왕이나 제임즈 1세 어전에서 상연되었다는 기록들이 더러 있다. 셰익스피어의 극에는 여왕을 찬양한 구절들이 여기저기 나타나 있고, ≪맥베드≫와 같은 극은 제임즈 1세를 위해 쓰여진 것으로 보이고 있다.

다음의 낭만 희극 ≪베니스의 상인≫(1596~1597)은 그의 극중에서 가장 유명한 극의 하나로, 그 이유는 아마 여기에 등장하는 유대인 고리대금업자 샤일록의 성격 창조 때문일 것이다. 동기야 어떻든 결과적으로 샤일록은 비극적인 인물이 되고 말았다. 낭만 희극을 불구(不具)로 하고 만 셈이다. 그러니 이 극은 비록 유명하긴 하지만 좌절된 낭만 희극이라고 할 수 있다. 재판 장면에서 포셔의 자비론(慈悲論) 또한 유명한 대사이긴 하지만, 이것 역시 그리스도교의 위선의 냄새를 풍기고 있다.

≪헛소동≫(1598~1599)은 낭만극 치고는 당치도 않게 음모, 간계를 주제로 한 극이다. 그 음모는 비극 ≪오델로≫와 같은 성질의 것이다. 그러나 이 극이 비극으로 결말지어지지 않고 행복한 끝을 맺게 되는 것은 아직 작가에 있어 내면적인 폭풍이 휘몰아쳐 오지 않고, 이성과 상식의 정신이 작가의 마음을 지배하고 있는 탓이라 하겠다. ≪뜻대로 하세요≫(1599~1600)는 목가적인 전원극이다. 그러한 그 목가의 이면에는 골육상잔(骨肉相殘)이 도사리고 있다. ≪십이야≫(1599~1600)는 정묘한 낭만 희극이면서도 거기에는 청교도와 당국에 대한 사정없는 풍자가 담겨져 있다. 이렇듯 이상의 모든 낭만 희극들이 즐겁고

명랑한 외관의 밑바닥에 모두가 비극적인 문제점을 안고 있다.

이와 같이 셰익스피어는 즐거움 속에서도 슬픔을 잊지 않았으며, 감미로운 사랑을 맹세할 때도 시간의 잔인한 낫이 그 사랑을 내리치는 소리를 귓전에 아니 들을 수 없었던 것이다. 그의 이중 영상은 점점 심오해져 간다. 특히 현상과 실재 사이의 파행(跛行)의 인식은 더욱 심각해져 간다. 그의 통찰과 인식이 깊어지고 표현 기술이 능숙해지자, 그는 본격적으로 비극의 문제와 씨름을 시작했다. 비극기에 접어들 무렵에 낭만 희극과는 다소 이질적인 ≪윈저의 명랑한 아낙네들≫(1600~1601)이 나왔다. ≪헨리 4세≫ 극에서 활약한 바 있는 근대적 인물 폴스태프의 희극성에 감명을 받은 일리저베드 여왕이 폴스태프가 사랑을 하는 희극을 보여 달라는 요청을 하자, 그 요청에 의해 이 극이 집필되었다고 전해진다. 그러나 이 극에서의 폴스태프는 이미 전날의 생기를 잃고 있다.

🍀 위대성의 개화

셰익스피어의 비극기(悲劇期)는 ≪줄리어스 시저≫(1599)를 가지고 막이 열린다. 고매한 이상을 가진 브루터스는 로마의 독재화를 막기 위해 시저를 쓰러뜨린다. 그러나 냉혹한 정치 세계에서 이상주의는 현실에 패배할 수밖에 없다. 셰익스피어가 비극을 쓰게 된 내적인 동기는 앞에서 언급했지만, 그 동기를 외적으로 추구하는 학자들이 있다.

그것은 에섹스 백작의 실각 사건(1601)이다. 당시 에섹스 백작은 일리저베드 여왕의 궁정에서 정신(廷臣)의 정화(精華)이자 권력의 상징이었다. 그는 또한 여왕의 사촌뻘로 한때는 여왕의 가장 두터운 총애를 받았고, 여왕의 배필 후보자로까지 지목되던 인물이다. 또한 셰익스피어의 후원자 사우샘프턴 백작과는 친밀한 사이였다. 에섹스 백작은 아일랜드 반란군 진압 사령관으로서의 임무를 다하지 못한 책임에다, 여왕의 시녀와 범인 연애 사건으로 여왕의 노여움을 사게 되었다. 에섹스 백작은 평소 자신을 리처드 2세를 타도한 헨리 볼링브루크에 비교하고 있었다. 그는 쿠데타를 결심하고, 거사 전날 밤 셰익스피어의 극단으로 하여금 ≪리처드 2세≫를 〈글로브 극장〉에서 상연케 하였다. 그리고 그 이튿날 그는 부하 일당을 거느리고 런던 시내로 몰려 들어가며 시민들의 호응을 기대했다. 그러나 시민들은 아무런 반응이 없었고 그의 거사는 실패로 돌아갔다. 그로 인해 그는 사형을 선고받았다. 여기에는 그의 강력한 정적(政敵) 로버트 세실의 작용도 있었다. 에섹스 백작은 이제 형장의 이슬로 사라지고, 그의 친한 친구이자 셰익스피어의 후원자인 사우샘프턴 백작도 실각하게 된다.

거사 전날 밤 ≪리처드 2세≫를 〈글로브 극장〉에서 상연한 일로 해서 셰익스피어의 극단도 당국으로부터 문책을 받게 되었으나, 별 탈은 없었다. 천하를 주름잡던 세도가가 갑자기 실각하고 만 것이 셰익스피어에게는 과연 어떻게 비쳤을까? 더구나 실각의 주인공은 그의 친지였으니 말이다. 에섹스 백작의 모반 사건은 1601년 셰익스피어가 서른일곱 살 때의 일이었다. 당시 크고 작은 쿠데타 사건은 끊임없이 일어났다. 유대인 의사 로페츠의 여왕 암살 음모 사건은 ≪베니스의 상인≫ 샤일록에 암시되어 있고, 의사당 폭파 사건은 ≪맥베드≫의 문지기의 대사에서 언급되고 있다. 이와 같이 셰익스피어의 작품에는 당시 시사적인 사건이며, 관습적인 일 등이 여러 곳에서 언급되고 있다.

오늘 날 역사적 비평은 그런 문제들을 샅샅이 해명하고 있다. 일리저베드 여왕은 국민과 일치할 수 있는 위대한 영도자였으며 이 시대에 영국이 비약적인 발전을 한 것은 사실이지만, 당시 종교 문제, 대외 문제, 여왕 후계자 문제 등 전진을 위한 진통이 필연적인 현상으로 크고 작은 반역 사건이 잇달아 일어났다. 따라서 확고한 안정이 요청되었으므로 여왕은 정권을 유지하기 위해 에섹스 백작의 경우와 마찬가지로 무자비한 숙청을 하지 않을 수 없었다. 당시 역적의 죄목 아래 교수대의 제물이 된 고관대작들은 부지기수였다. 맥베드가 덩컨 왕을 암살하고 나오는 장면에서 피가 낭자한 자기 손을 보고 '이 망나니의 손'이라고 한 구절이 있다. 당시 사형 집행관은 교수대에서 죄수를 처형하고 나면 곧 시체의 배를 단도로 갈라 내장을 사방에 뿌리는 관습이 있었다. 어떤 사형집행관은 그 솜씨가 어떻게나 익숙했던지 사형 직후 시체에서 염통을 도려냈을 때 그 염통이 그대로 고동치고 있었다고 한다. 사형 집행관들의 솜씨가 이 경지에 도달할 만큼 역적의 처형이 잦았던 것이다. 그리고 역적의 머리는 런던 탑 위에 내걸려졌다. 셰익스피어는 이들의 죽음에 심적인 타격을 입은 바 있다. 그래서 이들의 죽음과 엑섹스 백작의 실각 등을 그의 비극기의 외적 동기로 보는 학자들이 있다.

그의 비극기에는 세 편의 희극 《트로일러스와 크레시더》, 《끝이 좋은면 다 좋다》, 《이척 보척》 등이 있다. 이 희극들은 초기 희극, 제 2기의 낭만 희극들과는 전혀 다른 어두운 희극들이다. 학자들은 근래에 이 희극을 '문제극'이라고 이름을 붙였다. 《트로일러스와 크레시더》(1601~1602)는 배신과 혼란이 주제가 된다. 문제는 미해결의 장(章)으로 남을 뿐 아니라 뒷맛이 씁쓸하고 개운치 않은, 이름만의 희극이다. 또한 이 극은 당시 영국의 신구(新舊) 두 사상이 소용돌이치던 세태의 일면을 보여 준다. 《끝이 좋은면 다 좋다》(1602~1603)는 그 제목이 말하는 바와 같이 끝만이 해피엔딩으로 끝나는 역시 씁쓸한 희극이다. 사랑을 위해 간계의 수단이 이용되는 희극이다. 《이척 보척》(1604~1605)은 부패와 위선의 악취가 코를 찌르는 희극이다. 이 세 편의 희극들은 모두 비극의 비전에서 쓰인 것이며, 작가가 다만 끝맺음만을 희극으로 맺은 것이다.

셰익스피어의 대비극에는 왕후 귀족 등 위대한 인물들이 등장한다. 그리고 그 비극은 주인공들의 성격 결함에 의한 내적 갈등이 보다 큰 비중을 차지한다. 이들 성격 비극은 ≪로미오와 줄리엣≫이나 '그리스 비극' 등의 운명 비극과는 차원이 다른 것이다. 게다가 그 주제는 제왕의 이미지를 요란스럽게 울려댄다. 거기에는 국가 사회 질서의 파괴와 그 회복이라는 거대한 전제가 있기 마련이다. 실체와 외관은 깊이 통찰되고 이중 영상은 심오하리만큼 입체적, 동적이다.

≪햄릿≫(1600~1601)은 너무나도 유명한 극이다. 이 극의 주인공은 앞서 논한 엑섹스 백작과도 일맥상통하는 점을 가지고 있다. 이 극에서도 인간 본질의 이원성이 여실히 파헤쳐지고 있다. 이성과 감정, 망상과 행동, 천사와 악마, 판단력과 피의 복수 등 작가의 이중 영상이 다각도로 표현된 작품이다. ≪오델로≫(1604)는 대비극들 중에서도 그 배경 설정이 특이한 극이다. 주인공들의 운명과 국가 사회의 운명과는 무관하다. 가정 비극으로 신의와 질투와 음모를 주제로 한 비극이다. ≪리어 왕≫(1605)은 망은, 배신, 분노 등을 주제로 한 엄청나게 거대한 비극이다. ≪맥베드≫(1606)는 시역자(弒逆者), 악인이 겪는 심적 고통을 그린 악몽의 비극이다. 같은 악인이라도 리처드 3세는 맥베드와 같은 심적 고통은 겪지 않고 악을 실컷 발휘한 후, 그저 절망 속에 죽을 뿐이다. 맥베드 또한 절망 속에 죽는다. 다른 비극의 주인공들이 영혼의 구원을 받고 죽는데 반해 맥베드는 절망 속에 죽는다. 이보다 비참한 비극은 없을 것이다.

≪엔토니와 클레오파트라≫(1606~1607)와 ≪코리올레이너스≫(1607)는 ≪줄리어스 시저≫와 더불어 로마사에 의거한 사극들이다. ≪엔토니와 클레오파트라≫는 거의 우주적인 규모의 초월적인 인간주의가 전개되는 대비극이다. ≪코리올레이너스≫는 취약한 또는 위선적인 애국심을 바탕으로 한 거인의 비극에다 군중의 가공할 힘을 엿보여 주고 있다. ≪아테네의 타이먼≫(1607~1608)은 '리어 왕'과 쌍둥이로 그 사산아로 보여질 만큼 주인공의 인간 혐오와 반응의 주제는 자못 시니컬하다.

1607년 6월 5일 셰익스피어는 고향에 돌아왔다. 장녀 스잔나는 유능한 의사 존 홀과 결혼했다. 1608년 2월 7일에는 외손녀 일리저베드의 탄생을 보았다. 이 무렵 영국의 극장은 종래의 노천극장보다 옥내 소극장으로 그 취향이 변해 갔다. 셰익스피어 극단은 이미 오래전부터 블랙프라이어즈 옥내 소극장에서 겨울철이나, 야간이나, 우천에도 귀족 등 소수의 상류 계급 관객들을 상대로 공연을 하고 있었다.

🍀 만년

셰익스피어가 만년에 정착한 곳은 로맨스였다. 낭만극은 이 무렵의 조류이기도 했다. 그의 낭만극은 모두 다 음모, 배신에 의한 혈육의 이산(離散)으로부터 재회와 상봉, 그리고 관용과 화해를 주제로 한 것이었다. ≪페리클리즈≫(1608~1609), ≪심벨린≫(1609~1610), ≪겨울 이야기≫(1610~1611) 등은 모두 혈육의 상봉과 관용의 극들이다. 마지막 로맨스 ≪태풍≫(1611~1612)의 주인공이 마의 지팡이를 바닷속에 버리고 귀향하는 모습은 극작의 영필을 버리고 귀향하

는 작가 자신을 연상케 한다. 비극으로부터 낭만극으로의 변천을 두고 셰익스피어 자신이 신교로 귀의했다고 논하는 상징주의적 해석도 있다. 이제 비극 시대와 같은 고뇌와 부조리는 가셔지고 신에게 귀의한 종교적 신앙의 은총이 유난히 돋보이게 된다. 마지막의 또 한편의 고립된 사극 ≪헨리 8세≫(1612~1613)는 합작설이 유력하다.

셰익스피어는 젊어서부터 건실하고 실리적인 경제관념을 가지고 있었다. 그의 생활 태도에는 절도가 있었으며, 성품은 온화하고 언행이 일치했으며, 은퇴할 무렵에는 고향에서 생활이 윤택했으며, 은퇴한 후에도 가끔 런던을 방문한 듯하다. 그의 은퇴 후, 벤 존슨이 영국 최초의 계관시인이 된 것을 축하하며 몇몇 친구들과 스트래트퍼드에서 만나서 주연을 가진 후 셰익스피어는 발병하여 52세에 사망하였다. 그의 기일은 1616년 4월 23일이다. 유해는 고향의 홀리 트리니티 교회 가장 안쪽에 가족들의 유해와 함께 잠들어 있다.

셰익스피어는 실존 인물인가?

　　셰익스피어의 전기 기록은 당시 문인의 사회적 지위로 비추어 볼 때 놀라울 만큼 풍부한 셈이다. 정통파 학설은 스트래트퍼드 출신의 극작가 셰익스피어를 믿어 의심치 않지만, 일부 저널리즘 계통으로부터 심심찮게 그의 생애에 관해 이설이 제시되고 있다. 독자들의 오해를 풀기 위해 이설의 정체를 간단히 소개해 두겠다.

　　그 하나는 1759년 어떤 광대극의 다음과 같은 대사에서 비롯된다. '셰익스피어의 저자는 벤 존슨이다.', '아니다, 그것은 피니스(Finis)이다. 그의 전집 맨 끝에 그렇게 적혀 있지 않더냐?', 이와 같은 웃지 못할 대사가 있지만, 이로부터 약 백 년 후 셰익스피어의 저자는 프랜시스 베이컨(Francis Bacon)이라는 이설이 심각하게 대두되기 시작했다. 그런데 이 이설들의 바닥에는 다음과 같은 의혹이 깔려 있었다. 셰익스피어와 같은 엄청나게 위대한 시와 철학을 과연 어떤 사람이 모조리 지닐 수 있겠는가? 이것이 가능하다고 하더라도 그 사람은 박식하고, 세도 있고, 견문이 넓으며, 외국어에도 능숙한 사람이어야 하지 않겠는가? 그렇다면 스트래트퍼드 출신의 촌뜨기 배우가 과연 그렇다는 증거가 어디 있는가?

정통파의 견해로는 당시의 문인치고 셰익스피어는 전기가 많은 편이라고는 하지만, 그의 공적, 사적, 외적, 내적인 사실과 기록은 그토록 위대한 작가의 기록치고는 아주 적은 편이다. 그래서 그를 우상같이 숭배하는 사람들은 역설 같지만 그 우상의 진흙으로 만들어진 다리를 찾기 시작했다. 범인(凡人)은 그와 같이 위대한 작품을 쓰지 못할 것이다. 따라서 셰익스피어는 범인일 수 없으며, 그 작가는 그와 같은 요건을 충족시키는 특수 인물일 것이라는 설이다. 이것은 마치 추리 소설과도 같은 이야기다. 여기에 또 한 가지 중요한 충족 여건이 있다. 그것은 그가 어떤 이유가 있어 자기 이름을 정면으로는 밝힐 수 없었을 것이라는 설이다.

프랜시스 베이컨이 같은 시대인으로서는 그와 같은 요건을 모두 갖추고 있다. 그리하여 베이컨을 셰익스피어 극의 작가라고 하는 주장이 특히 미국에서 한때 상당히 유력했다. 게다가 베이컨은 또 암호법에 조예가 깊었다. 작품 안에 저자가 베이컨임을 알아볼 수 있게 하는 암호들이 산재해 있다는 것이다. 예를 들어 ≪사랑의 헛수고≫(제5막 제1장)에 나오는 'honorificabilitudinitatibus'라는 조어의 뜻은 '프랜시스 베이컨의 정신적 소산인 이 극들은 후세에 영속하리라'를 뜻하는 라틴어의 암호라고 풀이하라는 이설이 있다. 그 근거는 그의 극의 출원이 여러 가지로 확실한 것으로 미루어 각색 또한 여러 사람의 공동 집필로 이루어진 것이며, 프랜시스 베이컨과 월터 롤리의 공동 집필, 또는 옥스퍼드 백작을 중심으로 한 베이컨, 말로, 롤리, 더비 백작, 러틀런드 백작, 팸브루크 후작 부인 등의 집단 집필로서, 이때 연극 기교에 관한 전문 지식이 요청되었을 것이므로, 셰익스피어는 그 편찬 또는 교정 같은 일을 했을 것이다.

셰익스피어의 결혼에 관계되는 기록으로서, 1582년 11월 27일자 우스터 주교 교구 기록에 'Wm Shakspere and Anna Whateley'라는 기록과 그 다음 날짜에 'Willm Shakspere to Anne Hathaway'라는 기록이 있는데, 정통파에서는 'Whateley'는 'Hathaway'의 오기일 것이라고 보고 있지만, 1939

년과 1950년에 각각 다른 스코틀랜드 학자가 주장하기를, 미스 횟틀리(Miss Whateley)는 셰익스피어의 애인으로 앤 해서웨이에게 패배하여 수녀가 되어 셰익스피어와는 정신적으로 결합하여 그와 같은 극을 함께 제작했을 거라는 것이다.

다음으로 말로 설이 있는데, 셰익스피어와 태어난 해가 같으나, 요절한 말로의 셰익스피어에 대한 영향은 정통파에서도 인정하고 있는 바이지만, 근래에 미국의 신문 기자 캘빈 호프맨은 ≪셰익스피어라는 사람의 살해 문제≫라는 저서에서 말로는 그의 후원자 토머스 월징엄(T. Walsingham)경의 사주자들의 손에 살해된 것이 아니라, 그가 무신론자로서 처형되는 것을 미리 막기 위해 월징엄 경이 피살을 가장하여 그를 유럽 대륙으로 도피시킨 것이다. 그래서 그는 후일 비밀리에 귀국하여 월징엄 경의 집에 은신하여 셰익스피어라는 이름으로 극작을 발표한 것이라고 주장했다. 호프맨은 또한 월징엄 경의 무덤을 발굴하는 허가를 얻어 발굴에 착수했으나, 거기에 있으리라고 예상했던 셰익스피어의 원고는 발견되지 않았고 미처 무덤 현실까지는 파보지 못한 채 발굴을 중단당한 일이 있었다. 그래서 요사이 스트래트퍼드에 있는 셰익스피어의 무덤을 발굴해 보자는 말도 있다.

다음은 옥스퍼드 백작 설이다. 옥스퍼드 백작 에드워드 비어의 가문(家紋)의 하나로 사자가 창(spear)을 휘두르고 있는(shake) 것이 있다. 그의 별명이 '창을 휘두르는 사람(speare shaker)'이었으며, 그는 사우샘프턴 백작과 더불어 셰익스피어의 후원자로 알려진 사람인데, 사우샘프턴 백작이 그와 일리저베드 여왕 사이의 소생이라는 풍문이 나돌 정도였던 만큼, 그와 궁정과의 어떤 부득이한 사정 때문에 그는 자기의 작품에 셰익스피어라는 가명을 사용했거나, 스프래트퍼드 출신의 배우 셰익스피어의 이름을 빌려 쓴 것이라는 이설이 있다.

또는 셰익스피어라는 스트래트퍼드 출신의 대금업자가 궁색한 극작가들에게 금전을 융통해 준 대가로 작품의 작가를 자기 이름으로 하게 했을 것이라는 이설도 있다. 또 하나의 이설은 그의 《소네트 집》에 나오는 'Mr. W. H.' 가 누구냐?, '흑발의 미녀(dark lady)' 나 '미청년(fair youth)' 은 과연 누구냐? 하는 것이다.

그의 소네트가 원래 개성적인 요소를 강하게 풍기고 있기 때문에 이 점들에 관해서는 정통파 학자들 사이에도 논쟁이 분분하지만, 말로 설의 주장자들은 '미청년' 을 당시의 동성애와 관련시켜 말로의 동성애를 증거로 셰익스피어 소네트의 저자를 말로라 단정하고, Mr. W. H.를 앞서의 월징엄의 약기(略記)라고 주장한다.

같은 자료와 같은 사실을 가지고 이러한 설들은 이렇게 기묘한 결론에 도달하고 있지만, 오늘 날 정통파 학자들은 스트래트퍼드의 셰익스피어의 실존성에 대해 추호도 의심하지 않는다.

셰익스피어의 연표

1556년

존 셰익스피어, 스트래프퍼드 온 에이븐의 헨리 가(街)와 그린힐 가(街)에 주택을 구입.

1557년

존, 윌코트의 메리 아든과 결혼.

1558년

일리저베드 여왕 즉위.

존의 장녀 쥬오운 출생(9월 10일 세례).

존, 시의 치안관에 선임.

1559년

존, 스트래트퍼드 시의 벌금부과역에 취임.

1561년

존, 시의 재무관에 취임.

1562년

존의 차녀 마거레트 출생(12월 2일 세례).

1563년

마거레트 사망(4월 30일 매장).

1564년

존의 장남 윌리엄 셰익스피어 출생(4월 23일?).

윌리엄, 호울리 트리니티 교회에서 세례(4월 26일).

존, 역병으로 인한 빈민의 구제를 위해 다액의 기부를 함.

1565년(1세)

존, 시의 참사의원으로 피선.

1566년(2세)

존의 차남 길버트 출생(10월 13일 세례).

1568년(4세)

존, 시장에 취임.

1569년(5세)

존의 3녀 쥬오운 출생(4월 15일 세례. 사망한 장녀와 이름이 같음).

1571년(7세)

존, 시 참사원의 의장 격인 치안관에 취임.

존, 리처드 퀴니 상대로 50파운드의 채권 독촉의 소송을 제기함.

존의 4녀 앤 출생(9월 28일 세례).

1572년(8세)

귀족의 보호 없는 배우는 불량배로 취급되는 조령(條令)이 포고됨.

1573년(9세)

존, 헨리 히그퍼드에 의해 30파운드의 채무 이행의 소송을 받음.

1574년(10세)

존의 3남 리처드 출생(3월 11일 세례).

역병으로 인해 런던에서 연극 상연 금지.

1575년(11세)

존, 주택 구입에 40파운드 투자.

1576년(12세)

런던에 최초의 공개 상설극장의 건립 착수. 이것은 '극장' (The Theatre)이라 불리어졌음.

1577년(13세)

존, 이 무렵부터 공식 석상에 나타나지 않음.

1578년(14세)

존, 가옥을 담보로 40파운드의 빚을 냄(11월 14일).

1579년(15세)

존, 아내의 재산을 일부 처분함.

4녀 앤의 사망(4월 4일 매장).

1580년(16세)

존, 아내의 재산을 저당함.

존의 4남 에드먼드 출생(5월 3일 세례).

1582년(18세)

윌리엄 셰익스피어와 앤 횟틀리(Anne Whateley)와의 결혼 허가서 발행(11월 27일).

윌리엄 셰익스피어와 앤 해더웨이(Anne Hathaway)와의 결혼 보증인 연서(11월 28일. 이날 결혼함).

1583년(19세)

윌리엄의 장녀 수자나 출생(5월 28일 세례).

1584년(20세)

작자 미상의 《왕후귀감》을 웨스툰이 편찬하여 출판.

1585년(21세)

윌리엄의 쌍둥아 햄네트(장남)와 주디드(차녀) 출생(2월 2일 세례).

1586년(22세)

필리프 시드니 전사(戰死).

1587년(23세)

존, 시 참사의원에서 제명당함. 윌리엄, 이 무렵에 상경(?).

스코틀랜드의 메리 여왕, 엘리자베스 여왕에 의해 처형됨(2월 8일).

1588년(24세)

스페인의 무적함대, 영국 해군에게 격파당함(7월 28일).

1590년(26세)

≪헨리 6세≫ 제 2부와 제 3부 집필(?).

1591년(27세)

≪헨리 6세≫ 제 1부 집필(?)

1592년(28세)

≪헨리 6세≫ 제 1부, 〈스트레인지 소속 극단〉에 의해 상연(?)(3월 3일).

로버트 그린, '삼문제사'에서 셰익스피어를 비난.

이 해 후반에 역병으로 런던의 극장 폐쇄.

존, 교회 불참자의 명단에 기록됨.

≪리처드 3세≫ 집필(1592~1593년).

≪착오 희극≫ 집필(1592~1593년).

≪비너스와 아도니스≫ 집필(1592~1593년).

1593년(29세)

≪비너스와 아도니스≫ 출판 등록(4월 18일). 같은 해에 4절판으로 출판(양 4절판).

≪타이터스 앤드로니커스≫ 집필(1593~1594년).

≪말괄량이 길들이기≫ 집필(1593~1594년).

≪루크리스의 능욕≫ 집필(1593~1594년).

극작가 크리스토퍼 말로 살해당함(5월 30일).

1594년(30세)

윌리엄, 〈궁내대신 소속 극단〉(Lord Chamberlain's Men)에 단원으로 참가.

≪타이터스 앤드로니커스≫ 출판 등록(2월 6일), 동년에 4절판으로 출판(양 4절판).

≪헨리 6세≫ 제 2부 출판 등록(3월 12일), 동년에 악 4절판 출판.

≪루크리스의 능욕≫ 출판 등록(5월 9일), 동년 4절판으로 출판(양 4절판).

≪착오 희극≫ 그레이 법학원에서 상연(12월 28일).

≪베로나의 두 신사≫ 집필(1594~1595년).

≪사랑의 헛수고≫ 집필(1594~1595년).

≪로미오와 줄리엣≫ 집필(1594~1595년).

1595년(31세)

윌리엄, 〈궁내대신 소속 극단〉 단원으로서 최고의 기록(3월 15일).

≪리처드 2세≫ 집필(1595~1596년).

≪리처드 2세≫ 상연(12월 9일).

≪한여름 밤의 꿈≫ 집필(1595~1596년).

1596년(32세)

장남 햄네드 사망(8월 11일 매장).

부친 존, 문장(紋章)의 사용을 허가 받음(10월 20일)

≪존 왕≫ 집필(1593~1596년).

≪베니스의 상인≫ 집필(1596~1597년).

1597년(33세)

윌리엄, 이 무렵 런던의 세인트 헬렌의 비셥게이트에서 거주함.

윌리엄, 스트래트퍼드에서 가장 아름답고 둘째로 큰 저택 뉴 플레이스(New Place)를 윌리엄 언더힐로부터 40파운드에 구입함(5월 4일).

≪리처드 2세≫ 출판 등록(8월 29일), 동년 출판(양 4절판).

≪리처드 3세≫ 출판 등록(10월 20일자), 동년 출판(양과 악의 중간의 4절판).

≪로미오와 줄리엣≫ 악 4절판 출판.

≪헨리 4세≫ 제 1부와 제 2부 집필(1597~1598년).

≪사랑의 헛수고≫, 크리스마스에 궁정에서 상연.

1598년(34세)

≪헨리 4세≫ 제 1부 출판 등록(2월 25일), 동년 출판.

≪소네트 집≫ 거의 완성(?).

수상인 윌리엄 세실 사망.

≪베니스의 상인≫ 출판 저지 등록(7월 22일).

윌리엄, 벤 존슨의 〈각인 각색〉에 출연(9월).

≪사랑의 헛수고≫ 양 4절판 출판.

≪헛소동≫ 집필(1598~1599년).

≪헨리 5세≫ 집필(1598~1599년).

프랜시스 미어스의 수기 ≪지식의 보고≫ 출판, 이 책에는 셰익스피어에 관한 여러 가지 언급이 있다.

1599년(35세)
시인 에드먼드 스펜서 사망.

풍자문학 금지(6월 1일).

에섹스 백작, 아일랜드 원정 실패.

〈궁내대신 소속 극단〉의 본거인 〈지구극장〉 개장.

≪줄리어스 시저≫ 집필, 동년 〈지구극장〉에서 상연(9월 21일).

≪로미오와 줄리엣≫ 양 4절판 출판.

≪뜻대로 하세요≫ 집필(1599~1600년).

≪십이야≫ 집필(1599~1600년).

1600년(36세)
동인도회사 설립.

≪뜻대로 하세요≫ 출판 보류 등록(8월 4일).

≪헛 소동≫ 출판 보류 등록(8월 4일), 출판 등록(8월 23일), 동년 출판(양 4절판).

≪헨리 4세≫ 제 2부 출판 등록(8월 23일), 동년 출판(양 4절판).

≪헨리 5세≫ 출판 보류 등록(8월 23일), 동년 악 4절판 출판.

≪한여름 밤의 꿈≫ 출판 등록(10월 8일).

≪윈저의 명랑한 아낙네들≫ 집필(1600~1601년).

1601년(37세)
부친 존 사망(9월 매장).

〈궁내대신 소속 극단〉 에섹스 백작 일당의 요청에 의해 왕위 찬탈극 ≪리처드 2세≫를 〈지구극장〉에서 상연(2월 7일).

에섹스 백작, 런던에서 쿠데타를 거사하여(2월 8일), 사형에 처해짐(2월 24일).

≪십이야≫ 궁정에서 상연(1월 6일).

≪햄릿≫ 집필(1601~1602년).

≪트로일러스와 크레시더≫ 집필(1601~1602년).

1602년(38세)

이 무렵 크리폴게이트(런던)에서 하숙.

스트레트퍼드 교외에 107에이커의 토지를 320파운드에 매입(5월 1일).

≪윈저의 명랑한 아낙네들≫ 출판 등록(1월 18일), 동년 악 4절판 출판.

≪햄릿≫ 출판 등록(7월 26일).

≪끝이 좋으면 다 좋다≫ 집필(1602~1603년).

1603년(39세)

일리저베드 여왕 사망(3월 24일), 튜더 왕조 끝남.

제임즈 1세 즉위하여 스튜아트 왕조 출발.

〈궁내대신 소속 극단〉, 제임스 1세의 후원 아래 〈국왕 소속 극단〉으로 됨(5월 19일).

역병으로 해서 런던의 극장들은 1년이나 폐쇄.

≪트로일러스와 크레시더≫ 출판 등록(2월 7일).

≪햄릿≫ 악 4절판 출판.

1604년(40세)

≪오델로≫ 집필, 동년 11월 1일 궁정에서 상연.

≪이척보척≫ 집필(1604~1605년), 동년 12월 26일 궁정에서 상연.
≪햄릿≫ 양 4절판 출판.

1605년(41세)
⟨국왕 소속극단⟩ ≪헨리 5세≫를 궁정에서 상연(1월 7일).
⟨국왕 소속극단⟩ ≪베니스의 상인≫을 궁정에서 상연(2월 10일).
의사당 폭파 음모 사건 발각됨(12월 5일).
윌리엄, 스트래트퍼드와 그 인접 지역의 31년 간의 10분의 1세(稅)의 권리를
440파운드로 매입(7월 24일).
≪리어왕≫ 집필(1605~1606년).

1606년(42세)
의사당 폭파 음모 사건의 주모자 헨리 가네트의 처형(5월 3일).
무대에서 신을 모독하는 말을 쓰지 못하게 하는 조령(條令) 포고(5월 27일).
≪맥베드≫ 집필.
≪리어 왕≫ 궁정에서 상연(12월 26일).
≪앤토니와 클레오파트라≫ 집필(1606~1607년).

1607년(43세)
장녀 수자나, 의사 존 홀과 결혼(6월 5일).
≪리어 왕≫ 출판 등록(11월 26일).
≪코리올레이너스≫ 집필.
≪아테네의 타이먼≫ 집필.

1608년(44세)

시인 존 밀턴 출생.

수자나의 장녀 일리저베드 출생(2월 8일 세례).

모친 메리 사망(9월 9일 매장).

윌리엄, 존 애든브루크를 상대로 6파운드의 채권에 관해 소송을 제기하여 승소함(12월 17일~1609년 6월 7일).

〈국왕 소속극단〉이 실내 극장인 〈블랙프라이어즈〉를 매입, 윌리엄도 8분의 1의 주주가 됨(8월 9일).

≪앤토니와 클레오파트라≫ 출판 저지 등록(5월 20일).

≪리어 왕≫ 출판(양과 악의 중간의 4절판).

≪페리클리즈≫ 집필(1608~1609년), 동년 출판 등록(5월 20일).

1609년(45세)

≪트로일러스와 크레시더≫ 출판(양 4절판).

≪소네트 집≫ 출판 등록(5월 20일), 동년 출판.

≪페리클리즈≫ 출판(양 4절판).

≪심벨린≫ 집필(1609~1610년).

1610년(46세)

윌리엄, 이 무렵에 고향에 은퇴(?).

≪겨울 이야기≫ 집필(1610~1611년).

1611년(47세)

≪흠정 영역 성서≫ 출판.

점성가 사이먼 포맨, 〈지구극장〉에서 셰익스피어의 극을 관람한 기록이 있음.

≪맥베드≫ (4월 20일), ≪심벨린≫ (4월 하순), ≪겨울 이야기≫ (5월 15일) 등.
≪태풍≫ 집필(1611~1612년), 동년 궁정에서 상연(11월 1일).

1612년(48세)

윌리엄, 벨로트 마운트조이의 소송사건에 증인으로 출두(5월 11일, 6월 19일).
일리저베드 왕녀의 결혼 축하와 외국 사절들을 위해 〈국왕 소속 극단〉은 이 해
겨울부터 1613년에 걸쳐 20회 이상의 공연을 함.
≪헨리 8세≫ 집필(1612~1613년).

1613년(49세)

〈국왕 소속 극단〉, 〈지구극장〉에서 ≪헨리 8세≫를 상연(6월 29일).
이날 상연 때의 축포의 불꽃에 인화하여 〈지구극장〉 소실. 곧 재건립에 착수.

1614년(50세)

제2의 〈지구극장〉 6월(?)에 준공.
윌리엄, 상경(11월 17일).

1616년(52세)

윌리엄, 유언장을 기초(起草)(1월 ?).
차녀 주디드, 토머스 퀴니와 결혼(2월 10일).
윌리엄, 유언장을 다시 정리 작성하여 서명함(3월 25일).
윌리엄, 사망(4월 23일), 스트래트퍼드의 호울리 트리니티 교회에 매장(4월 25
일).

1619년

토머스 파비어, 셰익스피어의 선집 출판(≪헨리 6세≫ 제 2·3부, ≪베니스의 상인≫, ≪헨리 5세≫, ≪한여름 밤의 꿈≫, ≪윈저의 명랑한 아낙네들≫, ≪리어 왕≫, ≪페리클리즈≫ 등이 수록됨).

W· 자가드, 불법으로 셰익스피어의 전집을 2절판으로 출판 기도.

1621년

≪제일 2절판 전집≫ 인쇄 착수(4월 ?).

≪오델로≫ 출판 등록(10월 6일).

1622년

≪오델로≫ 출판(양 4절판).

1623년

윌리엄의 아내 앤 사망(8월 6일 매장).

셰익스피어 극의 전집 출판을 위해 ≪태풍≫을 비롯하여 16편 극의 출판 등록(11월 8일).

셰익스피어의 동료 배우 존 헤밍그와 헨리 콘델에 의해 편찬된 셰익스피어의 극 전집 ≪제일 2절판 전집(The First Folio) 출판(연말 ?). 이 전집에는 ≪페리클리즈≫와 시는 포함되어 있지 않음.

memo

memo